COLLECTION FOLIO

Carlos Fuentes

Apollon et les putains

Traduit de l'espagnol (Mexique)
par Céline Zins

Gallimard

Titre original :

EL NARANJO

Cette nouvelle est extraite de *L'oranger* (Folio n° 2946).

Carlos Fuentes est né à Mexico en 1928. Fils de diplomate, il a poursuivi des études au Chili, en Argentine et aux États-Unis et reçu une éducation cosmopolite. En 1955, il participe avec l'écrivain Octavio Paz à la création de la *Revista mexicana de literatura* à Mexico. Trois ans plus tard, il publie son premier roman *La plus limpide région*, un fourmillant tableau du Mexique des années 50. En 1962, dans *La mort d'Artemio Cruz*, Fuentes fait revivre, raconte, à travers le prisme d'un destin particulier haut en couleur, toute l'histoire de la bourgeoisie issue de la révolution mexicaine des débuts du siècle. De 1975 à 1977, il est ambassadeur du Mexique à Paris, où il avait longuement vécu auparavant. Il enseigne ensuite en Europe et aux États-Unis et se lie avec Gabriel García Márquez, Milan Kundera, William Styron, Juan Goytisolo. En 1975, il publie *Terra nostra*, une œuvre dans laquelle se mêlent l'histoire universelle et une imagination foisonnante. Il a reçu de nombreux prix : le prix national de littérature du Mexique en 1984, le prix Cervantes en 1987, le prix prince des Asturies en 1994. Il vit la plus grande partie de l'année à Londres.

Carlos Fuentes, auteur d'une quinzaine de romans, de récits, de nouvelles et d'essais dont *Cervantes ou la critique de la lecture*, est aujourd'hui considéré comme l'un des chefs de file de la littérature sud-américaine. Comme Carpentier ou Borges, il a su extraire le merveilleux d'un réel ordinaire et se considère comme un « passeur de cultures » entre le Vieux Continent et le Nouveau Monde.

Découvrez, lisez ou relisez les livres de Carlos Fuentes :

LES ANNÉES AVEC LAURA DIÁZ (Folio n° 3892).
UNE CERTAINE PARENTÉ (Folio n° 1977).
CHRISTOPHE ET SON ŒUF (Folio n° 2471).
LA MORT D'ARTEMIO CRUZ (Folio n° 856).
L'ORANGER (Folio n° 2946).
LES FILS DU CONQUISTADOR (Folio Bilingue n° 101).
LA PLUS LIMPIDE RÉGION (Folio n° 1371).
TERRA NOSTRA (Folio n° 2053 et 2113).
LE VIEUX GRINGO (Folio n° 2125).

À Carlos Payan
et à Federico Reyes Heroles,
compagnons d'un innocent voyage

Et le temps m'engloutit minute par minute...

BAUDELAIRE,
« Le goût du néant ».

But one man loved the pilgrim in you,
And loved the sorrows of your changing face...

W. B. YEATS,
When you Are Old.

17 h 45

Lorsque le DC-9 de la compagnie Delta entame la descente sur l'aéroport d'Acapulco, les instructions sont annoncées par une voix si aimable et sereine qu'elle en paraît hypocrite. Pourquoi ne nous dit-on pas : ceci est la partie la plus dangereuse du voyage — l'atterrissage ? Là-haut, il n'y a jamais d'accidents. À moins que l'encombrement croissant du ciel ne finisse par multiplier les collisions. Je suis californien, et je sais que lorsque Ronald Reagan était notre gouverneur, il supprima l'aide aux malades mentaux, lesquels se retrouvèrent de nouveau dans les prisons, comme au Moyen Âge. Par la suite, le même Ronald Reagan démantela le syndicat des contrôleurs aériens. Peut-être reviendrons-nous aux voyages en caravelle, tandis que les avions s'entrechoqueront dans les airs.

Le plus périlleux se situe au décollage et à l'atterrissage. Mais moi, pour une fois, je voudrais que l'avion descende en piqué, pour démentir la voix melliflue qui nous invite, caressante comme un gant, à ne pas fumer, à attacher nos ceintures, à redresser nos sièges, alors que je voudrais un drame qui me rende un moment à la célébrité, un drame étalé sur les huit colonnes de tous les journaux : « Une star d'Hollywood meurt dans un accident d'avion au-dessus de la baie d'Acapulco ».

Au lieu de cela, la célèbre baie, comme si elle me prenait en pitié, ou n'avait même pas envie de se moquer de moi, me renvoie l'image de carte postale de son crépuscule. L'ennui, c'est que ces coulées d'ors resplendissants, ces traînées d'orange, de citron et de raisin sont exactement identiques à l'éternel crépuscule fixé sur une toile au fond d'un plateau de la Universal, éternellement prêt à servir de décor à un duel, à une sérénade ou à un baiser final. Je préfère somnoler, sachant que je vais retrouver le rêve insistant de ces derniers mois : quelqu'un pose un masque sur mon visage immobile tandis qu'une voix féminine me chuchote à l'oreille : ceci est le visage de ta beauté idéale.

18 h 30

Tous les avions dégagent la même odeur. Matière plastique, désinfectant, métal, atmosphère confinée, cuisine réchauffée, microbes recyclés. De l'air en conserve. Il doit exister une fabrique invisible mais multimillionnaire qui se consacre à produire de l'air d'avion pour le vendre en boîte à toutes les compagnies d'aviation. Quoi qu'il en soit, je suis le premier à me présenter devant la porte encore fermée de l'appareil immobilisé, dans l'attente de m'échapper tel un lapin d'une cage de laboratoire, avec tout mon bagage à la main — une valise taille cabine avec les quelques chemises, caleçons, espadrilles et objets de toilette dont j'ai besoin ; une petite valise pratique que j'ai toujours avec moi, munie de deux poches extérieures dans lesquelles je peux fourrer le numéro du *Los Angeles Times*, les billets d'avion et le passeport, le volume des poèmes de Yeats. Le premier annonce, au soulagement du monde, la défaite de ce freluquet de Bush aux élections présidentielles ; les billets contiennent un aller-retour en première classe LAX-ACA-LAX ; le passeport présente un nom, Vincente Valera, né à Dublin, Irlande, le 11 septembre 1937, naturalisé américain à l'âge de sept ans, cheveux bruns, sourcils fournis, taille 5 pieds 10 pouces, poids 150 livres, signes particuliers néant. En cas de décès, prévenir Cindy Valera, 1321 Pico Boulevard, Los Angeles, Ca. Et les vers soulignés disent : « Rêve à la douceur qui habita naguère tes yeux, dans leurs ombres profondes... »

La porte s'ouvre et je suis le premier à recevoir la bouffée d'air brûlant, le contraste avec l'air froid et renfermé de l'appareil. L'air chagrin de la cabine, un air qu'on dirait en deuil. C'est une vague de feu que je reçois au visage en descendant la passerelle, une atmosphère ardente mais vive, qui sent la mangue, la banane pourrie, le goudron fondu. Tout ce que l'intérieur de la carlingue rejette, isole, aseptise. Cependant, ce contraste de températures, au moment où je saisis instinctivement la rampe de la passerelle métallique pour ne pas trébucher, me rappelle un souvenir que je voudrais éviter. Ma main brûlante au moment où je reçois l'oscar du meilleur acteur de l'année. Ma main brûlante contre l'objet glacé, comme si on me remettait une statuette de glace infondable.

Depuis cette nuit des oscars, ma main a peur du froid, elle recherche la chaleur, le contact, le recoin humide et chaud. Il est donc normal qu'en cette soirée des tropiques je sois en quête de contact avec tout ce qui brûle.

19 h 40

Tout en remplissant la fiche d'hôtel, je commande un ketch pour demain, pour aller pêcher. Le réceptionniste me demande si je le manœuvrerai moi-même et je réponds que oui.

Pour quelle heure le voulez-vous ? Je ne sais pas, disons à partir de six heures du matin, l'essentiel, c'est qu'on me trouve un ketch, ou à défaut un cotre ou une yole. Le réceptionniste est un petit homme basané, assez trapu, aux traits quasi orientaux. Il a l'air saupoudré de café, mais il a les pommettes hautes et brillantes, et dans ses petits yeux asiatiques on perçoit une pointe d'incertitude quant au masque qu'il doit adopter. Doit-il se montrer bassement obséquieux ou abjectement blagueur ? La moustache fine comme des pattes de mouche le trahit. La *guayabera* blanche, amidonnée, cache cependant un torse que je devine robuste, musclé, habitué à nager. C'est peut-être un plongeur de La Quebrada. On n'a pas l'habitude d'associer un homme cloué derrière un bureau de réception avec des aventures en haute mer. Il est trahi par une partie cachée de sa nature. Oui, il y a un ketch de disponible, me dit-il d'une voix doucereuse, mais il s'appelle *Les Deux-Amériques*.

— Et que voulez-vous que ça me fasse ?

— C'est que beaucoup de Nord-Américains n'aiment pas ça.

— Le nom m'est égal.

— Ça les agace qu'on leur dise qu'il n'y a pas qu'une seule Amérique.

— Pourvu qu'il tienne la mer — moi, m'efforçant de sourire, aimable.

— Vous n'êtes pas les seuls Américains, vous

savez. Nous sommes tous des Américains, sur ce continent.

— Vous avez raison. Donnez-moi la clé.

— Les États-Unis d'Amérique. C'est une blague. Vous n'êtes pas les seuls États-Unis, ni les seuls Américains...

— Si vous voulez bien me donner la clé, s'il vous plaît...

— « Les États-Unis d'Amérique » ce n'est pas un nom, c'est une description, une fausse description en plus... Une blague.

— La clé, lui dis-je en l'attrapant par les épaules.

— Il y a deux Amériques, la vôtre et la nôtre, balbutia-t-il. Je vous fais monter vos bagages ?

Je montrai ma petite valise de cabine avec un sourire.

— Excusez-moi. Je ne voudrais pas que vous m'accusiez... dit-il encore.

« C'est plus fort que moi », l'entendis-je énoncer comme un refrain en suspens dans la chaleur du hall d'entrée tandis que je m'éloignais, la clé dans une main, la mallette dans l'autre.

20 heures

Je suis plongé jusqu'au cou dans une piscine éclairée et plus parsemée de gardénias qu'une boutique de pompes funèbres. J'étais tenté de demander à la réception qu'on m'enlève tous ces gardénias, mais l'idée d'avoir affaire une nouvelle fois au petit homme à la *guayabera* m'en dissuada. En outre, sapristi ! la femme de chambre qui était venue me préparer mon lit (le parsemant, évidemment, de pétales de gardénia) était restée un moment à contempler la piscine illuminée avec ses fleurs. Elle tenait les serviettes serrées contre son tablier rose et son regard était si mélancolique, si absorbé que j'eus l'impression que ce serait une trahison personnelle que de demander qu'on enlève ce qui, elle, sûrement, l'enchantait.

— Tu n'as pas de fleurs chez toi ? lui demandai-je.

C'était une jeune Indienne aux cheveux raides, un peu perdue dans le labyrinthe de l'hôtel. Elle me répondit dans un idiome indigène, en s'excusant. Puis elle me tourna le dos et s'en fut avec empressement dans la salle de bains pour y disposer les serviettes. Je l'entendis refermer très doucement la porte de la chambre. J'étais déjà dans l'eau, le menton appuyé contre le rebord du bassin, tandis que le bas du livre de poésie se mouillait à cause des mouvements inévitables de mon corps dans la piscine illuminée. Je fus troublé par la suite du poème de Yeats : « Combien aimaient tes instants de grâce joyeuse, combien aimaient ta beauté d'un amour vrai ou faux ?... » Je préférai regarder les lumières nocturnes d'Acapulco, qui camouflent si habilement la double laideur de la ville. La rangée de gratte-ciel sur le front de mer occulte la pauvreté des quartiers populaires. La nuit occulte l'un et l'autre, ramenant toute chose au firmament, aux étoiles et au commencement du monde. Mais qu'ai-je à dire, moi qui rêve toutes les nuits qu'on me pose un masque sur le visage en me disant : Ceci est ta beauté idéale. Jamais tu ne seras plus beau que cette nuit. Plus jamais ?

20 h 30

Je sortis de la piscine et me jetai sur le lit aux draps roses. Je m'endormis, mais cette fois je ne rêvai pas qu'une femme venait me poser un masque. Mon rêve fut malheureusement beaucoup plus réaliste, plus biographique. Je montais encore et encore sur un podium. Tel un cobaye de laboratoire. Un rêve peut se résumer à un escalier sans fin, rien d'autre. Sur le podium m'attendaient Deux Sourires. Ce n'étaient pas des Visages. Rien que des Dents. On me souriait, on me félicitait. On me remettait la statuette dorée. L'oscar. Je ne sais pas ce que je disais. Les banalités habituelles. Je remerciais tout le monde, de ma première fiancée à mon chien. J'oubliai le pharmacien, le gérant de ma banque et le type qui m'avait vendu une Porsche d'occasion sans m'escroquer. La vieille machine allemande continue à maîtriser les autoroutes de Californie et, si je n'étais pas ce soir à Acapulco, vous pourriez fort bien me croiser en quête de réponses impossibles à cent vingt miles à l'heure en direction de la vallée de San Fernando, fonçant à la rencontre de quelque accident, physique ou sexuel. Quelque chose qui vaille la peine. Au lieu de cela, je suis venu à Acapulco pour fuir un songe et je donne des ordres par téléphone à la direction de l'hôtel pour que demain matin soit mis à ma disposition un ketch que je puisse manœuvrer seul. Le réceptionniste ne m'a guère inspiré confiance. Est-ce que je désire un équipement de pêche ? Je réponds par l'affirmative, afin que tout paraisse normal. Mais oui, bien sûr, matériel de pêche au complet. Demain matin à six heures, je pars pêcher en mer. C'est pour cela que je suis venu ici. Mon ketch sera prêt à l'embarcadère du club de Yates. Il s'appelle *Les Deux-Amériques.* Tout doit sembler normal.

22 h 5

Je conduis la Jeep rose sur la route de montagne. Vous ne pouvez pas vous perdre, m'a dit le gardien du parking de l'hôtel, il n'y a rien jusqu'aux lumières de la discothèque, *you can't miss it.* Cet homme ignore que la nuit est plus peuplée que le jour, elle est plus éclairante que le soleil, parce que la nuit est comme un gigantesque écran en cinémascope sur lequel chacun peut projeter ce qui lui passe par la tête.

Je lutte contre la puissante respiration du tropique qui, la nuit, devient de plus en plus ivre et folle à mesure que le reste du monde s'apaise. Apollon et son carrosse de lumières ont sombré dans la mer. Le moteur de la Jeep ne parvient pas à faire taire les cigales, les grenouilles, les vers luisants, les moustiques. J'aperçois d'autres lumières dans la montagne, qui ne sont pas électriques, mais des yeux couleur d'émeraude, d'argent, de sang. Des ocelots, des coyotes, des animaux solitaires comme moi, qui recherchent un peu de compagnie, comme moi.

J'accélère et projette sur l'écran de ma nuit mentale, par l'intermédiaire de mon rétroviseur, le film qui m'a valu l'oscar, le premier accordé à un acteur américain jouant dans un film étranger. J'emplis l'obscurité des images inoubliables de la dernière œuvre de Leonello Padovani, dont j'ai eu l'honneur de tenir le rôle principal. Et le plus étonnant, c'est que les images du film que j'évoque comme des choses lumineuses sont des images de nuit et de brouillard.

Tout se passe de nuit ou par des jours brumeux dans le nord de l'Italie. Un homme pauvre ne supporte plus sa femme, pourtant bonne et laborieuse. Il ne sait plus que faire, mais il est convaincu qu'il doit rompre avec sa vie routinière et s'exposer au hasard. Il quitte sa femme par une nuit d'hiver. Il emporte, néanmoins, l'unique objet qu'il aime réellement dans sa maison : sa petite fille de neuf ans. Il n'emporte ni linge ni argent. Seulement l'enfant. Mais sans le vouloir, avec elle il emporte un passé et une habitude. L'enfant le suit avec le plus grand naturel, comme si toute décision la concernant n'était ni bonne ni mauvaise, mais allant de soi, tout simplement. Surtout si cette décision émane de son père. Celui-ci voudrait qu'elle comprenne qu'il l'a emmenée parce qu'il l'aime. Il ne conçoit pas qu'on peut aimer naturellement, dans l'obéissance. Pour lui, l'amour est une question de volonté. Il confond l'amour du cœur avec l'amour cérébral. Pas la petite fille. Elle, elle aime et obéit à son père sans se forcer.

Ils errent tous les deux pendant plusieurs jours dans ce paysage de brume et de froid, sans but, vivant de charité et souffrant de l'incapacité du père à donner à sa fille les raisons de sa fugue aussi bien que de son amour. Et la petite, que pense-t-elle ? Abandonnera-t-elle son père ? Ou le suivra-t-elle jusqu'au bout ? Qu'est-ce que la solitude ? l'absence de compagnie, ou un abandon partagé ? Padovani ne donne pas de réponse. C'est au spectateur de la trouver.

Je sentais que, pour la première fois de ma vie, mon travail était entre les mains d'un artiste. Je sentais que le film se découvrait lui-même à mesure que le réalisateur, affaibli, souffrant, et finalement moribond, le filmait. La différence entre le théâtre et le cinéma, c'est que ce dernier se fait d'une manière fragmentée, sans continuité. Padovani avait réussi à transformer ce procédé technique en création artistique. Les contraintes du cinéma qui obligent à tourner le début à la fin et la fin au début, Padovani en avait fait un moyen de chercher le film. Au surplus, à chaque arrêt entre les scènes, à chaque répétition de prise et même à chaque pause pour prendre un café, il m'obligeait à me chercher moi. Il ne s'agissait pas de mémoriser du texte et de se dire demain c'est de telle page à telle page. Il s'agissait de me chercher comme acteur et comme homme, et je découvris que là était le personnage : quelqu'un qui *est* et qui *représente* en même temps.

Je tiens dans ma main la main chaude de la fillette qui est mon public, libre de décider si elle me quitte ou si elle reste avec moi.

Puis je tenais dans ma main la statuette de l'oscar, et celle-ci était glacée.

Je danse seul au milieu d'une foule de personnes qui remplissent la piste de l'incroyable discothèque suspendue au-dessus de la baie d'Acapulco, tel un jardin de Babylone dans l'une de ces extravagances qui firent la célébrité de Cecil B. De Mille. Je n'ai jamais rien vu de pareil, car tant aux États-Unis qu'en Europe les discothèques sont généralement fermées, entourées de béton et de pompes à essence. Elles isolent complètement; elles peuvent aussi se transformer en pièges mortels. Ici, en revanche, la discothèque se déploie au-dessus de la mer; elle ressemble à une bulle de verre au plafond étoilé qui se confond avec le firmament réel du Pacifique.

Je ne danse avec personne et personne ne fait attention à ma solitude. La majorité des gens ont entre dix-huit et vingt-cinq ans. Moi, j'ai passé les cinquante-cinq. Je n'ai plus de complexes. Je danse seul, les yeux fermés, souriant, sans conscience active, regrettant seulement de ne pas avoir d'enfants adolescents pour me dire quelle est cette musique que j'entends et sur laquelle je danse. Par contre, je rougis de contentement quand un air datant de ma propre jeunesse — *Michelle*, des Beatles, ou *Satisfaction*, des Stones, ou *Monday, Monday*, des The Mamas and the Papas — réussit à se glisser dans l'inépuisable bande magnétique de rock, dont l'énergie va croissant, depuis le morceau sur lequel on peut danser enlacé à quelqu'un jusqu'au rythme acide qui exige le défoulement individuel, sauvage ; le retour à la tribu, au clan, aux liens du sang les plus anciens et les plus oubliés.

Une image d'Irlande, la terre de mes ancêtres, pénètre dans le noir de mes yeux. Une vallée couverte de rosée. Une baie qui est en réalité une vallée inondée par les catastrophes du temps. Et au milieu, une île blanche vers laquelle se dirigent des canards sauvages. Un bois de noisetiers, blanc, blanc, tout est noyé dans sa propre blancheur.

Je ferme les yeux pour mieux sentir la vision et quand je les rouvre, subitement, je ne suis plus seul. Mon épouse danse avec moi, créée par mon regard (mon regard, mon désir) ; elle observe ma tenue, mes chaussures de chez Gucci, elle me reproche de ne pas porter de chaussettes, je lui réponds qu'en Italie personne ne met de chaussettes dans les mocassins en été, elle dit que j'ai l'air pauvre, comment ça ? Mon pantalon beige, ma chemise rose qui ressemble (je ne m'en rends compte que maintenant) à une publicité pour mon hôtel, et elle ajoute :

— Tout ce que tu sais tu l'as appris en Italie, n'est-ce pas ?

— Non, c'est toi qui me l'as appris...

Je dis ça par amabilité, tout en sachant que c'est encore une illusion de ma part.

— Tu as raison. C'est avec moi que tu as fait ta carrière à Hollywood. C'était une bonne carrière. Tu entends ? J'ai dit *bonne*. Tu avais une personnalité, un lieu sûr, le public te situait. Tu comprends ? *Te situait.*

— Je n'ai joué que dans des films de série B. Ne me raconte pas d'histoires et ne t'en raconte pas. On me situait dans les rôles de gangster, de maquereau, de celui qui perd toujours la fille.

— Ne te plains pas. Tu as embrassé Susan Hayward, Janet Leigh, Lizabeth Scott... Tu as peut-être même couché avec elles...

— Cindy, l'Italie m'a tiré de la routine...

— Tu entends ? Le public te situait. C'est ce qui compte, dans cette industrie.

— J'étais stéréotypé, c'est ça que tu veux dire.

— Tu as couché avec Lizabeth Scott ?

— Je me suis contenté de leur offrir le bras pour descendre les escaliers de marbre. La Universal avait ses idées fixes sur comment devaient être les demeures des riches Américains. Il fallait des escaliers de marbre.

— Tu as toujours aimé les blondes.

— Comme toi.

— Non, les blondes à la voix rauque comme Lizabeth Scott.

— Je leur offrais le bras. Elles auraient pu glisser.

— Blondes, la voix rauque et avec d'épais sourcils noirs, comme toi et Lizabeth.

— Elles mettaient des talons très hauts pour ne pas avoir l'air de naines à côté de moi. Ou elles grimpaient des marches devant moi. Les escaliers sont indispensables pour créer l'illusion au cinéma. Tout est truqué, ma chérie. Comme les baisers. On pense à l'impôt sur le loyer pendant qu'on embrasse Lizabeth Scott, tu le sais très bien. Ne fais pas la jalouse.

— Le public veut savoir à qui il a affaire, idiot. Le public n'a pas envie de te voir dans des drames réalistes, doublé en italien, pas rasé, marchant la nuit dans la boue aux côtés d'une gamine de neuf ans. Le public veut te voir avec Susan Hayward, en train de l'embrasser, ou de la battre, ou n'importe quoi, mais avec Susan Hayward !

— J'ai gagné un oscar, Cindy...

— Tu as perdu un oscar, oui. On ne t'a plus jamais offert de bon rôle. Tu étais devenu trop important pour tenir des rôles de gangster dans des séries B. Plus personne n'est venu te chercher pour un grand film. Mais tu as ton oscar sur ta cheminée. Tu peux te le garder. Tu n'auras plus d'autre compagnie qu'une statuette dorée. Moi, je ne suis pas née pour vivre avec un homme qui a été. Je veux un homme qui *sera.*

Je crois que Cindy connaissait mieux les dialogues de mes films que moi, car elle les répétait de mémoire alors que je les avais oubliés. Elle les introduisait à l'improviste dans nos conversations de la vie courante. Moi, je savais qu'un texte tourné se traite exactement comme du papier à cabinet. On le jette et on tire la chasse. On ne regarde pas au fond de la cuvette. Pas elle. Pour elle, ces paroles stupides et minables (« Je ne suis pas née pour vivre avec un homme qui a été » : ce film ne s'était même pas fait, le scénario était resté au fond d'un tiroir, et elle, l'imbécile, elle le connaît par cœur, elle le répète comme s'il s'agissait de « Ne dormez plus, Macbeth a assassiné le sommeil » !) font partie de son inconscient ridicule et déréglé. L'inconscient de Cindy ressemble à ses menstrues : un sang malpropre et incontrôlable (sauf pendant la grossesse, mais cela, grâce à Dieu, je ne l'ai jamais voulu avec elle). Cependant, elle n'a pas tout à fait tort, la salope. L'oscar peut, en effet, être une malédiction, une mascotte perverse, un oiseau de mauvais augure. Comme *Macbeth* est censé être une œuvre maligne, maléfique. Pourquoi ne l'appelle-t-on pas le Macbeth au lieu de l'oscar ? J'ai connu le même sort que Luise Rainer et Louise Fletcher, condamnées par l'oscar. Pourtant, je ne m'appelle pas Luis. Luis Nada. Mon nom est Vince Valera.

Tu es un Irlandais noir, m'avait dit Cindy quand j'étais tombé amoureux d'elle. Elle était platinée, pareille à tout ce que j'ai vu aujourd'hui du haut du ciel. Comme si j'étais Apollon et elle le firmament illuminé et parcouru par ma lumière. Cindy pareille au crépuscule tropical. Cindy pareille à la piscine parsemée de fleurs. Ma femme pareille à une colline rutilante de lumières. Mon amour comme une discothèque de verre. Ma Cindy bien-aimée du ciel étoilé. Elle m'aimait tant qu'elle ne voulait pas que je la voie. Tu t'appelles Vince Valera. Tu es un Irlandais brun, c'est-à-dire un naufragé. Un descendant de marins espagnols jetés sur la côte d'Irlande par le désastre de l'Invincible Armada. Un fils de la tempête et de l'écume, un rejeton du vent et du rocher. Un Latin du Nord, Vince, au teint basané, avec les sourcils les plus noirs et les plus touffus du monde (il paraît que c'était mon trait le plus marquant), tes cheveux noirs, brillants, et la perfection de ton corps, Vince, lisse comme un Apollon, sans le moindre poil sur la poitrine ni les jambes, la peau satinée comme du marbre noir, comme un gladiateur de l'Antiquité, fort comme un légionnaire romain, musclé comme un guérillero espagnol, mais avec plus de poils aux aisselles et sur le pubis que tous les hommes que j'avais connus jusque-là, les femmes remarquent ces choses, Vince, la toison te descend sous les bras et grimpe au-dessus de ta verge, et nos poils se confondent quand nous faisons l'amour, noirs les tiens, blonds les miens, ne sois rien d'autre que mon amant, Vince, n'embrasse aucune autre, ne baise aucune autre, ne t'occupe que de ta Cindy, ta tinderella, fais-moi sentir comme dans un conte de fées...

Puis elle me dit :

— Tu ne peux jouer que les tueurs, les maquereaux, tout au plus détective privé, tu fais partie du cinéma noir, ne renonce pas au personnage du sombre bandit, Vince mon chéri, sois pour toujours l'Apollon maudit des séries B...

Je ne pouvais plus la supporter, j'ouvris les yeux et la saisis par les bras, comme je l'avais fait avec le petit réceptionniste à la *guayabera*, et là, en plein milieu du dancing et des lumières colorées, je donnai libre cours à ma violence en constatant que j'avais beau fermer les yeux, les lumières donnaient à Cindy un visage fluide, or vert, or rouge, comme si sa jalousie et sa fureur n'étaient que le reflet du jeu des éclairages dans une discothèque, je lui flanquai plusieurs paires de claques, elle se mit à crier tandis que je lui lançais : Ce film a été mon salut, tu m'entends ? Ce film m'a donné un passé, je n'ai pas d'autre passé que ce film italien ! ne m'enlève pas le seul film dans lequel je me reconnaisse réellement ! Tu ne comprends pas qu'il n'y a que là que j'ai été un rêve de douceur dans les yeux, aux ombres profondes, que des millions de spectateurs m'ont aimé, ont aimé mes instants de grâce joyeuse, aimé ma beauté, vraie ou fausse... ?

La femme poussait des cris et les vigiles en blazer bleu, pantalon et cheveux blancs, me séparaient de la femme épaisse, d'une cinquantaine d'années, en paréo, qui se défendait, l'air choqué : Je dansais toute seule, je n'ai pas de complexes, je suis venue pour m'amuser, ce n'est pas de ma faute si je suis divorcée, cet homme m'a frappée, je m'étais simplement approchée de lui parce que je le voyais aussi solitaire que moi ! Et tandis que les vigiles acapulquègnes s'efforçaient de calmer les gens, ouvraient des bouteilles de Dom Pérignon, organisaient une *lambada*, que la musique et les lumières changeaient à toute allure, j'étais fermement conduit dehors, dans la nuit, jusqu'à ma Jeep, balbutiant des excuses d'abord adressées aux pauvres diables qui m'accompagnaient et qui ne les méritaient pas, puis ne marmonnant plus que pour moi-même : pardonnez-moi, pardonne-toi, toute question me rend fou, vous ne voyez pas que je ne sais rien sur moi, si l'on me demande pourquoi je suis ceci ou cela ou pourquoi je fais ceci ou cela, pourquoi je ne suis plus ceci et ne fais plus cela, je deviens fou de rage, je frappe les journalistes, je casse les caméras. Ils ne savent pas que j'ai un passé et que ce passé m'a été donné par un film, un seul. Ils veulent à tout prix me coller un futur et me reprochent de ne pas le vouloir. Je n'ai pas le droit d'être ce que j'ai été. À Hollywood, c'est le pire des péchés : avoir été, *a has been*, comme Gertrude la dinosaure ou l'oiseau Dodo ou la Ford Edsel, un personnage pour rire, un mannequin de cire. Ils ne s'intéressent qu'à ce qui sera, la promesse, le projet en préparation, les démarches nécessaires pour que le prochain film se fasse.

Où est mon film italien ?

Ils avaient raison. Il est dans les cinémathèques. Au mieux, en cassette vidéo à faible vente. Film européen classique en noir et blanc. Bradé : 5 dollars 45. Moins qu'une entrée dans un cinéma normal. Cindy a raison.

— Cette boîte est un étui à bijoux, un foutu étui à foutus bijoux.

Minuit passé

Le *Maggie's*, sur la plage de la Condesa, est un morceau d'Angleterre hors d'Angleterre. Le drapeau britannique, l'Union Jack, sert de décoration pour tout, depuis l'entrée qui annonce :

BRITANNIQUES !

VOUS ÊTES ICI CHEZ VOUS LOIN DE CHEZ VOUS !

jusqu'aux nappes, aux serviettes, aux chopes de bière, celles-ci étant, en plus, ornées des portraits du prince Charles et de la princesse Diana. Je suis assis au bar et le barman m'explique qu'il y a tant d'argent en Europe que même les employés de banque peuvent s'offrir un charter pour venir passer une semaine à Acapulco.

Ça se voit. Ils ont la pâleur d'une crème du Devonshire en train de fondre sur un biscuit. Je me souviens, quand je tournais à Londres : dès le premier rayon de soleil au mois de mai, les employés sortent des banques en retroussant leurs jambes de pantalon pour faire dorer leurs mollets livides, qui n'ont pas vu la lumière depuis des mois. Londres est un lac d'ombres ; pénombre des rues, des appartements, des bureaux, des gares, des tunnels du métro, des centres commerciaux... Pour les Anglais, le soleil d'Acapulco doit paraître un miracle, un blasphème ou une tentation. Il y a quelques filles en train de boire un verre au *Maggie's* qui n'ont même pas eu le temps de changer les vêtements sombres dans lesquels elles vont travailler tous les jours chez Barclays ou chez Marks & Spencer.

Le barman me regarde sans savoir d'où je viens et, voyant mon teint basané, il se montre suspectement animé.

— Combien de Mexicains sommes-nous ici ? Un, deux... avec vous ça fait cinq.

Si seulement, dit-il, il pouvait trouver sept Mexicains au *Maggie's*, il aurait au moins ses sept nains. Il me sert une margarita plutôt morose, puis un bellini amer, puis il m'avoue (je bois, mais c'est lui qui s'enivre) que le rêve érotique de son enfance fut le film *Blanche-Neige et les sept nains* de Walt Disney. Ou plus exactement, glisse-t-il en m'adressant un clin d'œil, un fantasme sado-érotique. Il s'imaginait à la place de Blanche-Neige — rire sous-entendu —, dans l'espoir que les nains la maltraiteraient. Toutes ces ceintures de cuir, ces bottes, ces marteaux et ces clous, quelle folle envie de demander à ces petites personnes : crucifiez-moi, ou jouons à saint Sébastien, les gars !

Je souris et lui répondis que ce qu'il y a de bien avec *Blanche-Neige*, c'est qu'on peut en parler sans révéler son âge parce que c'est un film qu'on ressort tous les deux ou trois ans. Le barman ne comprit pas mes paroles et se fâcha parce que je les prononçai en anglais, ce qui lui fit perdre son arithmétique nationale.

Je sortis me promener sur la croisette envahie de bars, de restaurants polynésiens, de stands de hamburgers, de Kentucky Frieds et de Tastee-Freeze. Dans le tiers-monde, on doit croire que le colonel Sanders est un héros de la guerre civile nord-américaine : sa face ronde, blanche et barbue, ses lorgnons bienveillants sont plus visibles dans ces parages que la Divine Face de Notre Seigneur Jésus-Christ. Il y a plus de Colonel que de Sauveur ! me dis-je, un peu gris après les mixtures que m'avait servies le barman sado-maso-chauviniste du *Maggie's*. J'entre un instant au *Carlos'n Charlie's*. Ce dernier est décoré d'affiches de vieux films et, sur l'une d'elles, je trouve mon nom, en tout petit, tout au bout de la liste des acteurs. Ça, ce n'est pas un conte de fées. Ça, c'est bien un truc qui ne vous rajeunit pas, mon cher barman. J'ai cinquante-cinq ans et j'aurais bien besoin d'un conte de fées. Au lieu de cela, je reçois un verre de tequila tiède tandis que mes pensées vont à un oscar glacé.

1 h 22

L'enfant assis à mes côtés dans la Jeep m'indiqua le chemin jusqu'au jardin éclairé par des lanternes chinoises et me tendit la main lorsque nous descendîmes de voiture. Ce n'est qu'à ce moment que je me rendis compte que mon jeune guide me ressemblait : sourcils épais sur un visage imberbe aux traits fortement marqués malgré ses dix ou douze ans (on a du mal à donner un âge aux gens, sous les tropiques; il y a des mères de douze ans et des grands-mères de trente, des vieillards sans cheveux blancs et des enfants sans dents). Dans le cas de mon petit compagnon, les restes de douceur enfantine avaient été tailladés quelque temps auparavant par un calendrier à la lame de poignard. Dans les yeux du jeune Acapulquègne, le temps passait sans respecter l'enfance, ni la vieillesse, ni aucun âge de la vie.

Je vis dans ces yeux noirs un temps indifférent à l'individu. C'est une peur que je ressens parfois, lorsque je sors de ma propre singularité plus ou moins protégée, soigneusement, patiemment construite, me semble-t-il, et que je me trouve face à une humanité démunie, où les circonstances ne considèrent ni ne respectent personne. C'est pourquoi j'ai tant aimé être dirigé par Leonello Padovani. Dans le rôle qu'il m'offrait, je trouvais le juste équilibre entre cette détresse mexicaine qui m'effraie tant et la surprotection américaine que je méprise. Il était possible de faire un avec les autres, d'être un je avec ses nous autres. C'est une chose que j'ai apprise au cours de cette expérience et que je ne veux pas perdre. Cindy ne le comprend pas. Pour elle, le succès va de pair avec la protection ; pour les Latino-Américains, il va de pair avec le malheur. En Europe, il était possible de vivre une expérience complètement différente, quelque chose comme un sujet collectif, une intimité partagée.

Le garçonnet m'accompagnait au bordel où je lui avais demandé de me conduire ; cet enfant, de combien de tonnes de déodorant, de réfrigérateurs remplis d'aliments surgelés, de céréales à fibres, de jacuzzis, de Porsche et de chaînes câblées aura-t-il besoin pour se protéger du destin d'insécurité, sans bouée de sauvetage individuelle, qui est déjà inscrit dans son regard ? Si je pouvais l'enlever, comme mon personnage dans le film, le mener par la main sur les chemins du hasard, de la liberté des rencontres... Mais les choses étant ce qu'elles sont, il va avoir besoin de beaucoup plus que les dix dollars que je lui glisse à l'entrée du lupanar qui porte le nom de *Le Conte de fées.*

Aussitôt après

La *palapa* est la cathédrale gothique des tropiques. Ce grand parasol de palmes sèches et poussiéreuses peut servir à tout : abri contre le soleil, refuge nocturne, espace convertible, la *palapa* du *Conte de fées* est un cercle parfait d'êtres humains (des hommes seulement) déchaînés autour d'une piste sur laquelle dansent des jeunes filles de quinze à vingt ans, les seins à l'air et avec parfois seulement un cache-sexe. Parfois encore moins : ce que les Brésiliens nomment un « fil dentaire ». Parfois rien. Ou alors, tout au plus, un coquet petit châle à franges noué sur les hanches lorsqu'elles servent les boissons aux tablées de jeunes gens.

Peu de touristes. La quasi-totalité des clients ont l'air d'être des gens d'Acapulco. Je les ai vus dès que j'ai débarqué à l'aéroport. Ce sont presque de vieux amis. Je les ai vus conduire des taxis et des camions, charger des valises, se pencher aux portes des pharmacies et aux balcons des dispensaires pour maladies vénériennes. Je les ai vus aux guichets des banques et des hôtels. Je dois faire l'effort habituel à l'homme occidental pour différencier les masses tiers-mondistes. Chinois, Nègres, Mexicains, Iraniens, ils se ressemblent tous pour un œil américain, difficiles à distinguer. Et je me dis que pour eux nous devons être tous pareils, nous aussi. Mais pas moi. Moi, je suis un Irlandais noir, vous vous souvenez ? l'Apollon des séries B. À cinquante-cinq ans, je trompe mon monde, j'en parais quarante-cinq. Au lieu de vieillir, je rajeunis. Tout le monde me le dit et j'ai fini par y croire. De toute façon, au cinéma ma jeunesse est conservée pour toujours. Je ne dois pas la démentir, même s'il m'en coûte une mort prématurée.

Je ris, je m'arrange un peu la houppe de cheveux, je retrousse un peu mes manches, je regrette beaucoup de ne pas avoir une petite moustache, même aussi ridicule que celle du réceptionniste de l'hôtel, j'essaie d'imiter un regard de luxure poisseuse pour me confondre, me perdre parmi l'assemblée masculine qui crie à poil, à poil, le cul, le cul, tandis que les mains se tendent, faisant mine de vouloir toucher les filles qui dansent la salsa cependant qu'une voix domine tout le tohu-bohu, les cris, la musique, la danse des filles nues sur la piste : « Ici, on regarde, on écoute et on peut aller jusqu'à sentir, mais on ne touche pas. »

Je discerne une femme assise sous une lumière draculesque devant une console musicale, protégée derrière un bouclier en plastique et Plexiglas. Elle porte un collier de perles et un corselet de velours à col blanc dressé comme un nuage ou un parachute derrière la nuque. Elle ressemble à Blanche-Neige. Elle s'abrite par-devant avec le bouclier de plastique et par-derrière avec le haut col amidonné. Quoi qu'il en soit, elle domine la situation à l'image de sa tête hérissée d'épingles, pareille à un porc-épic. Elle doit avoir peur que chaque cheveu ne soit pas à sa place.

Bienvenue à une nuit encore plus chaude que celle d'hier, proclame-t-elle. Ici on regarde, on écoute et on peut même aller jusqu'à sentir, mais on ne touche pas.

Un rire éméché et une bedaine qui s'élance sur la piste, justement pour toucher la danseuse. Tous se mettent à pousser des cris de protestation : on viole les règles du lieu, l'accord entre gentlemen. Il suffit à Blanche-Neige de proférer dans le microphone : Sécurité, sécurité, pour qu'une phalange d'hommes masqués, en culotte de lutteur et le torse nu, s'empare en deux ou trois gestes rapides de l'ivrogne, lequel se trouve aussitôt éjecté sous les rires et les quolibets des jeunes spectateurs.

Blanche-Neige invite un homme à pénétrer sur la piste et à s'asseoir sur une petite chaise en paille ; le projecteur tombe sur moi, Blanche-Neige s'écrie allez, celui en rose, celui en rose, reprennent-ils tous en me poussant sur la piste, vers la chaise trop basse sur laquelle je prends place et reçois les instructions : vous n'avez le droit que de regarder, d'écouter, de sentir éventuellement, mais vous êtes prié de ne pas toucher.

On ne doit pas toucher la fille mince et sinueuse comme un serpent, aux traits mêlés de toutes les races, chinoise, africaine, indienne, peut-être même danoise, qui à chaque mouvement de danse ondulante autour de moi, de ma chaise, de mes mains nerveuses, de mes bras écartés, de mes jambes molles (ces membres que je ne maîtrise plus) m'invite à l'interdit : la toucher ; l'interdit : donner un visage à cette femme en particulier, la distinguer de ses races sans visage, chinoise, africaine, indienne, toutes pareilles, sauf elle ; elle qui approche ses mains aux doigts longs, extension diabolique de son petit corps d'esclave, de mon visage comme pour me dessiner de nouveaux traits, une figure inattendue, mon masque idéal...

Je la saisis par le poignet, j'approche sa bouche de la mienne, la musique s'arrête, le silence s'impose, personne ne dit mot, personne ne proteste comme tout à l'heure, les bourreaux ne me tombent pas dessus pour me flanquer dehors, Blanche-Neige quitte son estrade, vient vers nous d'un pas lent, nous sépare lentement, doucement, comme une tendre mère qui découvre le premier baiser qu'échangent deux frères innocents.

(Son habillement est grotesque ; elle a un gros ventre et la minijupe montre des genoux épais et des souliers en Celluloïd transparent. Elle a du mal à ajuster sa jupe sur le ventre et le corselet de velours lui écrase les seins. Il n'y a que la collerette blanche, pareille à un nuage, qui la détache de sa pesanteur terrestre et crée l'illusion qu'elle lévite.)

Au point du jour

Je suis assis à côté de Blanche-Neige. J'essaie de la convaincre. Venez avec moi. Elle secoue la tête et je crains qu'elle ne me plante ses épingles dans la figure, telles les flèches dans le visage de saint Sébastien évoqué par le barman gay du *Maggie's.* Non, mes danseuses ne sont pas à vendre. Si on t'a dit que ma maison était un bordel, on t'a trompé. Tu ne vas pas me dire que tes filles ne baisent pas ! Serait-on par hasard au collège du Sacré-Cœur-de-Jésus ? Qu'est-ce que tu sais des collèges de bonnes sœurs puisque tu es américain et hérétique ? Je suis irlandais ; alors elles baisent ou elles baisent pas ? Non, elles se font offrir de la coke par leurs galants, tard, quand la fête est terminée et que le soleil se lève. Jusqu'à quelle heure ça leur dure ?

Blanche-Neige augmente le volume de la musique et ceux qui restent (pas mal encore) paient les filles pour qu'elles dansent sur leur table ; celles-ci font monter leurs postures comme on fait monter les enchères au cours d'une vente chez *Christie's*, pour qu'on en voie un peu plus, mais le plus qu'elles montrent les filles, c'est dans leur posture maximale : debout, penchées en avant, présentant les fesses au client, le temps de laisser voir la fente entre les replis puis elles se remettent aussitôt à agiter leurs rondeurs, attirant les regards sur leur surface parfaitement lisse, aiguisant la tentation, le plaisir promis.

Quand elles ont fini de danser, les filles se douchent dans quatre cabines transparentes stratégiquement disposées de façon que le public puisse les voir commodément, m'explique Blanche-Neige dans son langage le plus châtié. Quatre cabines en verre, quatre filles, minces ou rondes, parfaites, en train de se savonner, de se rincer; la mousse jaillit telle Vénus de la mer et se concentre sur le triangle ; l'eau coule entre les seins, le savon fait des bulles sur les tétons et descend jusqu'au nombril avant de se rassembler, prisonnier et heureux, sur le pubis ; un gros type dort appuyé contre la paroi de verre, perdant par conséquent le meilleur du show. Tout le monde rit tandis que Blanche-Neige proclame de son estrade de plastique et Plexiglas : Non à la prostitution. Non au sexe pour de l'argent. À bas le sida.

Je viens de lire, avant de quitter Los Angeles, le best-seller de García Márquez et je pense à l'amour au temps du sida. Mais peu importe. Je ne suis pas venu ici pour me montrer prudent.

6 h 47

Je les assurai que je ne leur demandais rien en retour, que je leur offrais simplement une petite promenade en barque. Allez donc prendre un bain de soleil, leur dit Blanche-Neige, faites-vous dorer les parties qui ne voient jamais la lumière, mes trous du cul. On ne parla pas d'argent. J'avais seulement demandé qu'elles soient sept, en comptant Blanche-Neige. Mais celle-ci avait l'œil. Moi, je suis la Marâtre, proféra-t-elle avec un sourire ineffable, c'est moi qui offre la pomme empoisonnée. Mais moi, généreux comme je suis, j'insiste pour lui donner le rôle de l'héroïne.

Le jour pointait, glorieux, et les sept filles que je choisis (Blanche-Neige s'obstinait à rester dans son rôle de Marâtre ; moi, je m'obstinai à l'appeler Snow White) étaient ravies d'être emmenées en promenade, sans contrepartie, juste pour se bronzer un peu, faire la sieste, dans une ambiance différente... Tels furent les arguments de Blanche-

Neige pour les convaincre et, de mon côté, je demandai simplement une minute pour passer prendre mes affaires à l'hôtel. Je ne rendis pas la chambre. Je rassemblai dans la mallette le peu que j'avais avec moi, c'est-à-dire le nécessaire à raser, la brosse à dents et la pâte dentifrice, les déodorants. Les filles allaient être divines sous les rayons du soleil, malgré la danse et la nuit blanche. Moi, je m'imaginais tout gris, pas rasé, les yeux rouges et la peau sèche. Les mélanges d'alcool s'étaient condensés en un poing qui me martelait la tête. Quand elles me virent, elles se dirent sûrement : « Avec ce vieux schnoque, on ne risque rien. » J'eus à peine le temps de m'apercevoir dans la glace. Je songeai avec répugnance au réceptionniste couleur café dans sa *guayabera*. Mais il n'était pas là. On ne le sortait que la nuit, à juste titre : la lumière du soleil en ferait de la confiture.

8 heures

Elles commencèrent peut-être à me voir autrement quand je leur montrai mes connaissances en matière de pilotage d'un ketch à dérive fixe, deux mâts, voile brigantine et deux focs. Avec ses douze mètres de long, trois de large et dix de haut, le bateau avait fière allure au sortir de l'embarcadère tandis qu'il traversait la baie, le moteur auxiliaire en marche, ma main tenant fermement la barre le temps de quitter Acapulco ; puis je passai le gouvernail à Blanche-Neige, qui faillit en tomber dans les pommes, au milieu des rires des pupilles, pour pouvoir hisser la grand-voile, puis la misaine, avec des gestes précis, fixant des cordages, amarrant les écoutes, assurant la brigantine à l'aide d'un raban et les focs par deux tours noués.

Je fixai par une marguerite un câble qui ne me paraissait pas très sûr.

Bref, je carguai et étarquai tout bien comme il faut.

Le voilier était prêt pour n'importe quelle aventure. Une embarcation sensible, fidèle, répondant au moindre geste de celui qui l'aime et la conduit avec sagesse, c'était le plus bel ornement d'une journée superbe, comme seul sait en offrir le Pacifique mexicain. Soleil de février, invariant mais adouci par la brise constante et la sécheresse de l'air. Comme un poème que j'avais appris dans mon enfance, qui a vu une mer semblable et désire se marier ne pourra le faire qu'avec quelqu'un qui ressemble à cette mer.

L'Irlande bouillonne dans mes veines. Qui plus est, l'Irlande sombre d'un descendant espagnol, un naufragé selon toute vraisemblance, mon nom est Vincente Valera, mais mes ambitions sont beaucoup plus modestes que celles de ce poème d'enfance. Vincente Valera est mon nom, et celui de mon ketch — à la grossière satisfaction du réceptionniste de l'hôtel — *Les Deux-Amériques.*

Blanche-Neige et ses sept naines me dévisagent avec admiration, et si je n'épouse pas la mer, je me contenterais de coucher avec les filles. Toutes les sept ? Deux Amériques, un Apollon et sept putes ? En voilà un drôle de cocktail !

9 h 16

Je repris le gouvernail. Je crois que les filles n'avaient jamais vu un de leurs clients déployer tant de compétence dans des manœuvres qu'elles n'avaient vues effectuées que par les patrons de bateaux du port. La matinée était à la fois fraîche et chaude : à Acapulco, la radieuse chaleur sèche rachète tout — la laideur des édifices, la saleté des rues, la misère des gens en plein zénith touristique, l'aveuglement des riches qui font semblant de croire qu'ici il n'y a pas de pauvres, cette situation inexplicable, injuste, impardonnable peut-être, finalement.

Je vis dans les yeux des sept naines quelque chose comme une admiration évidente, qui ne requérait, de la part du macho, qu'une série d'actes forts, précis, pour en imposer à la gent féminine. J'en fis sans doute trop ; j'avais mal à la tête, je sentis que j'avais besoin d'un bain, d'une aspirine, d'un lit, plutôt que de tous ces efforts, mais à mesure que nous prenions le large, que nous nous éloignions de l'ongle corrompu de la baie, le Soleil et le Pacifique, couple glorieux capable de surmonter toutes les tempêtes d'infidélité et les divorces les plus orageux, nous empoigna tous, les huit femmes et moi-même, dans une étreinte irrésistible. Je crois que nous eûmes tous la même pensée : si nous ne nous abandonnons pas au soleil et à la mer ce matin, nous ne méritons pas de vivre.

Le minibar des *Deux-Amériques* était bien fourni, et il y avait aussi des amuse-gueules au fromage, aux olives et au jambon cru, ainsi que des *jicamas* coupées en tranches et du piment en poudre, que les filles ne tardèrent pas à découvrir et se mirent à engloutir, se servant les unes les autres tandis que Blanche-Neige haussait les épaules tout en préparant les *cuba libres.* Elle vint m'offrir un verre ; je dus refuser ; mais elle insista en me traçant un visage dans l'air, au-dessus du mien, comme si elle devinait mon rêve, comme pour m'hypnotiser. Puis je lui confiai la barre une nouvelle fois et cela la rendit nerveuse une seconde fois. Tout droit, tout droit, il n'y a pas d'arbres sur la route, lui disais-je en riant, et nous riions tous les deux, créant un étrange lien entre nous.

J'avais une idée. Je voulais apprendre quelque chose aux filles. Je constatai avec soulagement que l'hôtel avait pensé à faire livrer une canne à pêche et des hameçons à bord. Je leur annonçai que j'allais leur apprendre à pêcher. Elles rirent aux éclats en lançant des plaisanteries. Elles se mirent à faire des jeux de mots, comme c'est la coutume à Mexico aussi bien qu'à Los Angeles, villes sœurs où le langage sert plus à se défendre qu'à communiquer, à dissimuler plutôt qu'à révéler. Le jeu de mots éloigne, masque, dissimule ; il consiste à prendre un mot anodin pour faire entendre un mot obscène, à faire en sorte que tout soit à double sens et, si possible, triple.

Elles riaient aux éclats, disais-je, et toutes ensemble leurs voix ressemblaient à un gazouillis de petits oiseaux. Leurs plaisanteries, en revanche, étaient lourdes et physiologiques, plus proches du vautour que du rossignol. La canne à pêche fit l'objet de toutes les métaphores phalliques, l'hameçon se clitorisa, l'appât se prépuça, et le moindre poisson, poulpe, crevette ou autre coquille Saint-Jacques se transforma en tous les objets et vocables sexuels imaginables. Après une nuit passée à dépenser les énergies du corps, c'était comme si les filles avaient sué tous leurs jus corporels, lesquels leur avaient si bien lubrifié le cerveau qu'elles pouvaient maintenant s'adonner à l'art du langage. Un langage grossier, qui suscitait leurs rires en chaîne, mais qui semblait néanmoins les poser comme des êtres en quelque façon supérieurs, des maîtresses de la langue contre les maîtres de l'argent, castratrices du langage « décent » du monsieur, du chef, du milliardaire, du touriste, du client.

Je dois avouer que mes pauvres équivalents anglo-saxons, d'une extrême brutalité, ne pouvaient rivaliser avec les gerbes de métaphores des sept filles déchaînées dans leur hilarité collective. Leur camaraderie et leur délire de plaisanteries verbales étaient contagieux, mais je cessai de les écouter, ah les pénibles, ah le pénis, pine pinette pénètre, allez roule-m'en une mais sans me rouler, il ne faut pas faire la nique à la niquette, Dallas, Texas, je lui rince la dalle ou je le passe à l'as ? il est tout mouillé, le gniasse, qui l'éponge ?...

Tandis qu'elles plaisantaient, j'en profitai pour les prendre dans mes bras. Le prétexte, je l'ai dit, était de leur apprendre à pêcher, à se servir de la canne et de l'hameçon, et pour ce faire je me plaçai derrière chacune tour à tour pour leur montrer comment lancer la ligne, avec précaution, afin de ne blesser personne. L'une après l'autre je les assis sur mes genoux, les enlaçai et je leur appris à pêcher ; mes mains se posaient autour de leur taille, sur leurs cuisses et sur leur sexe, et je sentis finalement l'excitation du mien quand j'allai jusqu'à leur frôler les seins, puis à mettre la main sous le soutien-gorge, ou sous le

Bikini pour ensuite mettre mon doigt enduit de leurs jus dans la bouche de...

Je commençai à les distinguer les unes des autres, mes sept naines, à mesure qu'elles s'excitaient et demandaient que je leur apprenne à pêcher, c'est à moi, non à moi, gourmande, salope.

Non. Celle-là c'était la Grognon, parce qu'elle résistait à mes avances en disant non, tu ne me la referas pas, je me suis déjà fait avoir tout à l'heure, lâche-moi. Une autre devait être la Sosotte, parce qu'elle se contentait de glousser quand je lui mettais la main et faisait la cachottière, sans pouvoir maîtriser le mouvement comique de ses oreilles. La troisième c'était l'Endormie, parce qu'elle faisait semblant de rien, jouait les indifférentes pendant que je lui glissais un doigt dans le vagin mouillé, excité, comme si elle me donnait la température des six autres, annonçant la lubricité collective qui se préparait.

J'avais par ailleurs repéré la Doctoresse, qui ne faisait qu'observer la scène d'un air sérieux, et la Timide, qui n'approchait pas, comme si elle me connaissait déjà et se méfiait de moi.

Celle qui commença vraiment à me rendre hystérique, c'est l'Éternuante, la première qui plongea son nez dans les poils de mon sexe et se mit à éternuer comme si mes poils lui donnaient le rhume des foins. Enfin la septième serait l'Industrieuse aux mains précises, qui déboutonna ma chemise et m'allongea nu sur le pont du ketch que Blanche-Neige manœuvrait sans aucune compétence, sans oser me demander :

— Qu'est-ce que je fais maintenant ? Qu'est-ce que je dois faire ?

Sans même oser gronder ses pupilles.

— Ici on regarde, on écoute et on peut même sentir, mais on ne touche pas.

Les filles me touchaient partout, les sept naines endiablées d'Acapulco. Les sept putes du merveilleux Apollon comblé, totalement réalisé que j'étais en cet instant où je perdis la notion, à peine acquise, de l'individualité de chacune d'elles. Elles n'étaient que ce que j'avais dit qu'elles étaient : nigaude, rêvassante, éternuante, précise et experte, industrieuse et sensuelle. Une confusion d'irritations et de désirs palpitants. Elles n'avaient pas de visage et j'imaginai le mien sous le soleil entre les ombres qui me couvraient, nu sur un ketch qui allait droit vers le milieu de l'océan, de plus en plus loin (Blanche-Neige ne change pas de cap, ne proteste pas, ne dit rien, c'est une argonaute ou une putanaute, ou une argopute, paralysée par la mer, la brise, le soleil, l'aventure, le danger, la distance croissante de la terre ferme), tandis que moi, je sais seulement que sept femelles de dix-huit ans (âge moyen) sont en train de me faire l'amour.

Je vois sept paires de fesses qui s'assoient sur ma figure et s'offrent à mon toucher et à ma bouche. Je voudrais me montrer galant, distinguer, individualiser. Je voudrais les glorifier en ce moment culminant. Je ne voudrais pas qu'elles se sentent achetées. Je ne voudrais pas qu'elles se sentent faire partie d'un tas. Je voudrais qu'elles se sentent comme je me suis senti, moi, au moment de recevoir l'oscar, moi le roi de l'univers et elles mes sept naines, mes reines. Fesses dures comme des nèfles, veloutées comme des pêches. Fesses vibrantes comme des anguilles, patientes comme des calamars. Fesses protectrices de l'essence obscure, la douce et mince toison. Impossible protection des larges hanches, des tailles incroyablement fines, les cuisses d'eau et d'huile qui entourent, défendent, protègent le lieu sacré, le réceptacle du vagin, les sept culs qui m'appartiennent ce matin, que je sens, touche, désire et distingue.

Sept culs, sept. Cul intérieur de papaye qu'on vient d'ouvrir, chair rose, intouchée telle une perle carnivore et parfumée. Cul palpitant de jeune louve blessée, récemment séparée de sa mère, traversée par la maudite flèche d'un chasseur intrus. Cul de source pure, eau qui court sans obstacles, sans remords, sans se soucier de son destin qui la précipite vers la mer qui va l'engloutir dans sa fourche salée. Cul de nuit à l'affût en plein soleil, gardée en réserve en prévision des faiblesses du jour, nuit vaginale en prévision du jour où le soleil ne se lèvera plus et où le sexe de la femme devra occuper le centre de l'univers. Quatrième cul des filles d'Acapulco, chambre quatrième, cul telle une chambre meublée, chaude, accueillante, en attente de son hôte parfait. Cul cinquième, le cinquième n'est jamais mal venu, dit-on ici, cul métallique de veine qui résiste à la pénétration, qui refuse de livrer son or, qui exige du mineur qu'il meure d'abord de suffocation au cœur du tunnel. Cul glorieux des libations eucharistiques, cul sixième, cul religieux, irlandais, noir, comme dirait Cindy mon épouse waspique, Wasp blancanglosaxonprotestant qui essaie de me refiler ses vieilleries ancestrales, tu ne sais pas jouir, Vince, si tu ne t'imagines pas plongé dans le péché, pauvre Apollon de Celluloïd, inflammable, périssable, prends-moi comme on prend une femme, un être humain, comme ton égal, non comme symbole de ton odyssée spirituelle, fils de pute, je ne suis ni ta communion ni ta confession, je suis ta femme, un autre être humain, quelle idée j'ai eue d'épouser un Irlandais catholique qui croit dans la liberté du péché, et non dans la prédestination de la chair !

C'est cela que je fuis : je veux jouir du dernier cul, le septième sceau, le cul sans attributs, le purgatoire sexuel sans paradis ni enfer, avec mon nom tatoué à l'entrée du vagin, Vince Valera, Apollon vaincu : les sept filles sur ma verge, toutes les sept me suçant, l'une après l'autre, l'une me suce, la deuxième me met le doigt dans l'anus, la troisième m'embrasse les couilles, la quatrième me met sa chatte dans la bouche, la cinquième me mordille le bout des seins, la sixième me lèche les orteils ; la septième, la septième promène ses seins immenses sur tout mon corps, elle dirige les autres, elle fait sauter ses seins sur mes yeux, m'en caresse les testicules, fait tourner un téton autour de ma queue, puis chacune d'elles me pompe à son tour, et non seulement elles, me pompent également le soleil, la mer, le moteur des *Deux-Amériques*.

Me pompe aussi le regard impassible de Blanche-Neige, qui garde les mains inutilement posées sur le gouvernail. Inutilement, car on est en train d'enfreindre toutes les règles de son royaume et elle ne peut rien faire d'autre que nous contempler dans une absence indifférente qui doit être celle de Dieu lui-même lorsqu'il nous voit revenir à la condamnable mais indispensable condition de bête.

Inutilement, car *Les Deux-Amériques* a atteint son allure de croisière, il avance seul vers l'intérieur de la mer comme mon sexe ne pénètre qu'une seule, qu'un seul des sept trous qui s'offrent ce matin à mon entier abandon, à l'exigence de me donner totalement, de ne rien retenir, de ne plus trouver un seul prétexte pour rester ou fuir, me marier ou divorcer, signer un contrat ou convoiter un prix, me concilier un chef de studio, sourire à un banquier, séduire un journaliste au cours d'un dîner au *Spago's*, rien, rien d'autre que ceci : l'ascension simultanée vers le ciel et vers l'enfer, les battements déchaînés dans ma poitrine, la conscience d'avoir trop bu, d'avoir passé une stupide nuit blanche, mon cœur galope et mon estomac se tord, je ne suis pas rasé, mes joues râpent les divines fesses de la Sosotte telles les épines sur la tête du Christ, le soleil darde ses rayons verticaux, la brise tombe, ma souffrance devient omniprésente, le moteur ne s'entend plus, le soleil s'éteint, mon corps se liquéfie, les rires des sept naines se dissipent, il n'y a plus sept trous, il n'y en a plus qu'un seul dans lequel je tombe en apesanteur, il n'y a plus sept nuits, il y a une seule nuit dans laquelle je pénètre doucement, sans hésitation, prédestiné comme le voulait mon épouse Cindy, sans tête ni cœur, pure verge dressée, pur phallus d'Apollon dans la bouche d'une muse péripatéticienne qui me caresse le visage en me chuchotant à l'oreille : « Ceci est ton visage idéal. Tu n'en auras jamais de meilleur. Ceci est ton visage pour la mort, mon petit père. »

12 h 1

Je viens de mourir, juste après le passage du soleil au zénith. Je viens de mourir en baisant.

Je viens d'être tué par le plus gigantesque pompier de toute l'histoire du sexe.

12 h 5

Que faisons-nous, demande Blanche-Neige les mains serrées sur la barre du timon, comme si de la lâcher ferait aussitôt chavirer le bateau, sans oser même transpirer, les mains plus raides que mon sexe qui refuse de mourir avec moi.

Ma queue reste rigide, comme attendant la jouissance suivante, mais je me rends compte qu'en réalité elle ne fait que présager, par sa dureté excessive, la rigidité absolue, le *rigor mortis* qui va bientôt s'emparer de tout mon corps encore souple, bronzé, amolli et pas rasé. Est-ce le rêve secret de chaque homme que d'être en état d'érection permanente, ce que les médecins appellent priapisme ? Eh bien, Dieu vient de me l'accorder, avec autant de grâce qu'il accorde le génie militaire au conquérant, l'astre poétique à l'écrivain, l'oreille musicale au musicien, la langue au traducteur...

Le rêve dans lequel je m'enfonce me dit beaucoup de choses dont celle-ci : Vince Valera, tu n'as plus besoin de prouver ta virilité sur l'écran. Tu l'as prouvée dans la vie. Et maintenant, dans la mort, tu vas être le macchabée le plus dur et le plus impliable qui soit jamais descendu d'une mère irlandaise. Seuls les asticots du comté de Tyrone auront raison de toi !

Bigre, me dis-je, je parle de mon corps comme de l'extérieur. La voix du Seigneur a raison. Du dedans, que va-t-il m'arriver ? Tout ce qui m'arrive est passif, conséquence ultime, dernier soupir. Mes ongles et mes cheveux continuent à pousser. C'est la première chose dont je sois sûr : je les entends. Les humeurs gastriques s'écoulent, mais le sang s'apaise, trouve ses criques et ses bassins de toujours. Ce sont les étangs de l'éternité. Je crains une flatulence *post mortem*. Je la crains et par conséquent la convoque. Rien de tel que de penser à un pet pour lâcher un pet. Mon cadavre lâche un pet. Les sept naines rient, certaines ouvertement, d'autres à regret, la main sur la bouche, d'autres encore en se pinçant le nez, zut alors, qu'est-ce qui lui arrive à ce mec, avec sa quéquette bien en l'air et le troufignon bien causant, qu'est-ce qui lui arrive ? et celle que vous savez qui éternue, et la sommeilleuse s'allonge près de moi, me berce un peu, me demande si j'ai envie de dormir, puis une autre se met à faire des jeux de mots, tu le dorlotes ou tu le branlottes, ababalolo lolote-moi le baba, pelote-moi les lolos, mon bébé veut son biberon ? Ne fais pas la laiteuse, dis donc celui-là il bande en dormant, et alors y a rien d'extraordinaire, qui dit qu'il dort, regarde il a les yeux grands ouverts comme une chouette, moi je lui vois surtout un dard bien dressé, y a de quoi faire pour sûr, pour sept, sept juments pour l'étalon, monte-le, Doris, lancent-elles toutes à celle que j'ai nommée la Doctoresse, allez ma vieille offre-lui une chevauchée de tous les diables, tringle, tringle, cravache, queçasautelerodéo, et je crois bien que quand la Divine Doris la Doctoresse s'est rassise sur moi j'ai éjaculé à l'état de mort.

Toutes s'esclaffèrent lorsque la Doris me démonta et leurs plaisanteries firent chorus avec la contraction de ma verge, la détumescence, la mèche n'allume plus sa dynamite, ce ballon ne se gonflera plus même à la pompe à vélo, devant chez moi je vois passer/M. Anguille fort pressé/pourquoi cours-tu comme ça ?/ c'est que j'ai la canne qui me lâche, foutre ! improvisa Doris, et les autres de l'acclamer en chœur, sauf la pure et dure Blanche-Neige très sérieuse qui me fixait, les fixait des yeux.

Qu'est-ce qu'on fait ? répéta-t-elle avec un regard de peur contrôlée.

Laissons-le faire sa sieste, répondit Doris la Doctoresse avec un rire de compassion.

Il est fatigué, le pauvre, il a fait beaucoup d'heures supplémentaires aujourd'hui, déclara la Bâillante.

Voyons si je le fais éternuer, dit Atchoum en me promenant son pubis sur le nez.

Voyons plutôt mes chatouillis à réveiller les

morts, fit la Sosotte aux grandes oreilles en me grattant la plante des pieds.

Toutes éclatèrent de rire et se mirent à me chatouiller les côtes, les jarrets, l'entrecuisse, sous le menton.

Cela ne me fit pas rire. Je vous assure. Pas le moindre frisson.

Les rires et les jeux s'éteignirent.

Elles avaient les mains de plus en plus chaudes. Mais le corps qu'elles touchaient était de plus en plus froid, en dépit du soleil de midi qui entrait par mes yeux ouverts.

Qu'est-ce qu'il a ? demanda Doris.

Qu'est-ce qu'on fait, plutôt ? répéta Blanche-Neige, imperturbable.

12 h 20

Surtout, qu'elles ne me jettent pas à l'eau. C'est tout ce que je leur demande. Qu'elles ne me livrent pas aux requins.

12 h 39

Ben quoi, vous n'avez encore jamais vu un mort ? leur cria Blanche-Neige, et, comme si ses paroles étaient destinées à rassembler toutes les forces du monde pour suppléer à ma soudaine absence de vie, le soleil décupla l'énergie de ses carburateurs, se répandant sur nos têtes comme de l'or fondu, le vent faiblit jusqu'à disparaître, contraignant les femmes à prendre trois inspirations au lieu d'une à mesure qu'elles se trouvaient obligées, avec peine et apathie, de prendre la situation en main.

Cependant, si elles avaient du mal à respirer à cause du manque d'air, moi je rendais grâce au ciel de ce que les vents ne menaçaient pas le ketch, encore que, comme je le disais, la nature entière marqua un brusque changement au moment où je mourais de plaisir, et si l'air ambiant expira avec moi, dans le lointain de gros nuages s'amoncelaient et lorsque Blanche-Neige, dans un réflexe de peur, coupa le moteur d'un geste nerveux, l'océan s'agita subitement. Je me dis que cela n'était que le résultat naturel d'une soudaine suspension de mouvement. Les voiles se mirent à battre à chaque vague de l'océan dont l'agitation semblait monter du plus profond du Pacifique au milieu duquel nous nous trouvions, quatre heures après avoir quitté le club de Yates, absolument seuls, cloués par des remous qui ne semblaient destinés qu'à nous, aux *Deux-Amériques* et à son équipage.

Eh bien, vous n'avez jamais vu de mort? répéta Blanche-Neige avec un tremblement d'exaspération dans la voix, vous croyez peut-être que nous n'allons jamais mourir, que nous allons vivre heureuses éternellement, que nous aurions, nous seules, le privilège de ne pas mourir un jour ?

Figées dans un silence et un calme plus redoutables que n'importe quelle bourrasque, les sept femmes ne dirent mot, elles restèrent pensives tandis que moi, allongé sur le pont, je commençai à les distinguer vraiment les unes des autres. Avait-il fallu que je meure pour les individualiser, les démexicaniser, les détiersmondiser ?

Je les regardai fixement et presque ressuscité de surprise : dans la mort, j'étais capable de voir avec exactitude les images qui passaient dans l'esprit des vivants. C'est ainsi que je le compris, simplement et directement ; ceci était mon nouveau, véritable pouvoir. Le cadeau que j'avais reçu de la mort. Était-ce cela, l'éternité ? Blanche-Neige formula la question — eh bien, vous n'avez jamais vu de mort ? — et aussitôt l'Endormie se transforma en celle qui fut nommée à l'orée de sa vie María de la Gracia, et, doté de mes nouveaux pouvoirs, je vis dans son regard un enfant mort dans une boîte peinte en blanc, dans une cabane où les cierges étaient plantés dans des bouteilles de Coca-Cola.

La Timide s'appelait en réalité Soledad, et la mort qui était passée dans son regard était celle d'un vieillard aux yeux ouverts qui la remerciait de l'avoir accompagné jusqu'au bout parce que la mort solitaire est la chose la plus terrible du monde.

La Doctoresse, nous le savons déjà, s'appelait en réalité Doris et je reconnus sa mort car cela se passait dans le quartier mexicain de Los Angeles, Doris marchait entre deux rangées de haies avec un sac à dos en compagnie d'une petite fille, plus jolie qu'un dessin de Diego Rivera, qu'elle tenait par la main. Soudain, deux bandes de quartier, armées de revolvers, se mirent à tirer entre les haies où marchaient Doris et sa petite sœur. Le sac à dos et les livres sauvèrent Doris. La petite sœur — Lupe, Lupita, ma mignonne — mourut sur le coup. Doris s'agenouilla auprès d'elle en pleurant et grâce à ce geste la dernière balle ne lui emporta pas la tête.

Ben quoi, vous n'avez jamais vu un mort? Atchoum s'appelait Nicha (Dionisia) et elle avait grandi auprès de sa mère dans un bordel du port d'Acapulco. Il y avait une grande *palapa* au milieu, d'affreuses petites lumières et des annonces de bière dessinées au néon. Tout cela passe dans ses yeux quand Blanche-Neige leur demande si elles n'ont jamais vu un mort. Nicha remplace la vision macabre par celle d'une mangrove aux fûts serrés et de lumières éteintes. Elle revit une longue attente dans l'une des chambres qui entourent la *palapa*. Il y a trois odeurs. L'odeur naturelle du tropique en éternelle putréfaction et celle du produit à désinfecter les sols, les lits et les cabinets. Mais la troisième senteur est celle d'un oranger qui pousse miraculeusement devant la fenêtre de la chambre, essayant de faire passer une branche un parfum une fleur parfois un fruit à l'intérieur, supplantant les odeurs de putréfaction et de désinfectant. Elle sait déjà qu'elle doit se glisser sous le galetas quand sa maman arrive avec un galant. Elle entend tout. Telle est son image de la mort. Sauvée par le souvenir de l'oranger.

En revanche, la Sosotte aux grandes oreilles se remémore souvent une petite fille nommée Dulces Nombres de Cristo, c'est-à-dire elle à l'âge de dix ans, qui chemine au milieu des chiens perdus et des flaques d'eau boueuse, au milieu de centaines de camions arrêtés comme des éléphants devant un fleuve de béton, de centaines de taxis qui ont l'air de faire le siège du centre d'Acapulco, cernant la ville d'une escadre de moteurs. Les chauffeurs lavent leur taxi la nuit en vue de la journée du lendemain tandis que la mère de Dulces, ivre, les jambes écartées, rit, chante, crie et s'aère le con avec un éventail à la sortie du cabaret.

Vous n'avez jamais vu ? Non, la Grognon a la cervelle comme un écran blanc. Il n'y passe que des morts en Technicolor que je reconnais. Morts de cinéma, gangsters, cow-boys, cadavres rougis au ketchup. Elle s'appelle Otilia et ne laisse entrer aucun mort réel dans sa tête. Quant à la dernière, l'Ouvrière, qui s'appelle Dolores, elle m'offre une longue vision de rivalités, toujours deux hommes qui s'entre-tuent pour elle, s'entre-tuent pour elle à coups de pistolet, de poignard, de gourdin... Tous ces rivaux qui se disputent les faveurs de Dolores sont enterrés jusqu'aux genoux dans le sol dur et compact, comme dans un célèbre tableau de Goya. Où Dolores a-t-elle bien pu voir ce dernier? Il me paraît inconcevable que Dolores puisse avoir un tableau de Goya dans la tête. Ma vision serait-elle trompeuse? Tout ce que je crois voir ne serait qu'illusion? Comme si elle obéissait à une impulsion envoyée de la mort (la mienne), la fille allume alors une cigarette à l'aide d'une allumette extraite d'une petite boîte portant la marque Clásicos. Elle protège la flamme derrière la boîte pour allumer sa cigarette. C'est là que se trouve le terrible tableau de Goya, de la série dite noire, sur une boîte d'allumettes. C'est le portrait de la plus impitoyable fatalité.

Dans l'après-midi

Toutes ces remémorations prirent plus de temps que vous ne l'imaginez. La chronologie de la mémoire, dans la mort, est différente de celle de la vie, et la communication entre les deux consomme des heures, voire (je ne l'ai pas encore vérifié) des jours. Je regretterai, j'en suis sûr, cette pause de la mémoire. Parce qu'à présent les problèmes pratiques supplantent tout le reste.

Moi je suis mort.

Elles en conviennent.

Première question à régler : que faire de moi ?

Dulces Nombres de Cristo fait la preuve de sa sottise en proposant qu'on me jette à l'eau pour que les requins me mangent. Comme ça, dit l'Idiote, il n'y aura pas de traces de ce qui s'est passé. Je la déteste et je lui jette le mauvais œil : qu'on t'enferme dans un asile anglais à manger de l'avoine jusqu'à ce que tu pourrisses, salope.

Otilia la soutient énergiquement. Qu'est-ce qui se passe si on nous met la main dessus en compagnie d'un macchabée ? Toutes au trou, les frangines. Personne ne nous demandera comment c'est arrivé. Nous, on est coupables. On est nées coupables, faites pas les connes.

J'entends croître un redoutable murmure d'approbation. Dulces et Otilia me saisissent par les bras, Nicha s'empresse de les aider en me prenant par les chevilles. Soledad se joint à elles pour hâter l'opération. Je sens l'écume des vagues me caresser les pieds.

Doris vient à mon secours. Non mais vous êtes complètement nases. On va bientôt se faire recueillir par un autre bateau. On va nous demander ce qu'on fait comme ça toutes seules sur un yacht. Et puis on va nous demander si l'une de nous sait manœuvrer. On sera bien obligées de répondre que non, pas vrai ? Alors on va nous remorquer jusqu'à Acapulco. Et là, ils vérifieront aussi sec que c'est le gringo qui a loué le rafiot et ils en concluront qu'il nous a louées avec. Sept putes avec leur mère maquerelle et un gringo disparu, assassiné ou Dieu sait quoi. Alors là, ça fait pas un pli qu'on se fait coffrer, Otis.

Elles ne me laissent pas tomber, ni dans la mer ni sur le pont, soit dit à leur honneur. Elles m'installent, respectueusement, dans la baignoire.

Blanche-Neige déclare que Doris a raison. Y en a-t-il une parmi elles qui sache conduire un bateau comme ça ? Dolores demande si c'est la même chose que de conduire une voiture.

Un peu plus tard

Non, ce n'est pas la même chose. Allongé sur le pont, je regarde le ciel et aussi le trapèze formé par la voile brigantine ramassée entre les vergues des focs, bien hissés, mais qui, privés d'attention et surtout d'intention marine, ne vont pas tarder à se fatiguer et à tomber ; prématurément vieillis, fripés. Car la bonne voile connaît l'intention du navigateur. La bonne coque est prête à obéir à la moindre volonté d'un marin avisé. En l'absence de ces qualités, les voiles en quelque sorte se dépriment et communiquent leur sentiment au mât, qui à son tour se met à trembler jusqu'à la racine où il rejoint la quille.

En d'autres mots : elles ne savent que faire. L'essence va s'épuiser. La brigantine et les focs seront poussés par une douce brise tropicale. Chaque éternuement du moteur les fait sursauter. Et au coucher du soleil, les sept filles s'enlaceront, elles formeront une sorte de gaillarde médiévale (j'ai tourné dans un péplum, en Italie, sur la peste au XIIIᵉ siècle) qui finira agglutinée autour des grosses jambes de Blanche-Neige. Les yeux fixés sur l'horizon obscurci, la patronne du *Conte de fées* ne lâchera pas la barre du gouvernail des *Deux-Amériques.* Et puis le soleil disparaîtra et les sept filles pousseront un gémissement en chœur, un gémissement profond, quasi religieux.

Je me l'approprie. C'est mon repos, mon requiem.

À la nuit tombée

Maintenant qu'il fait nuit, je me dis qu'il y a à peine vingt-quatre heures je nageais dans une piscine remplie de fleurs dans un hôtel de luxe en me demandant où j'allais aller me divertir, tandis que, le menton appuyé contre le bord du bassin, je lisais et essayais de mémoriser un poème de William Butler Yeats qui évoque la douceur passée et les ombres profondes de mes yeux ; si le grand poète moderne de mon pays me voyait en ce moment, verserait-il des larmes ? Je crois qu'il avait plutôt prévu mon destin (d'après Leonello Padovani, un grand poème devine et nous communique ce que nous allons être) lorsqu'il posait des questions sur ceux qui aimèrent mes instants de grâce joyeuse, ma beauté, vraie ou fausse, ajoutant : combien furent-ils, combien ? Combien de regards, combien d'amantes platoniques vous vaut le fait d'apparaître sur l'écran, de remplacer Apollon dans la mythologie des temps modernes proposée par le cinéma ? Le poète répond-il ? Dit-il autre chose encore ? J'essaie de me souvenir de la fin du poème, mais ma mémoire de mort ne répond pas, elle reste obstinément muette. Je m'anime. Cela signifie-t-il que, le poème étant inachevé, je bénéficie encore d'un destin à vivre, d'une marge inachevée de ma vie dans la mort ?

J'ai forniqué. Je suis mort. J'ai découvert que mourir, c'est lire dans la pensée des vivants.

Mais mon appétit professionnel (pour ne pas dire artistique) ne se satisfait pas si facilement. Suis-je en train de jouer mon rôle vedette ? Mes productrices vont le décider pour moi. La nuit les effraie. Elles voguent à la dérive. Cela, nous le savons, elles et moi. Elles craignent, si elles mettent le moteur en marche, que le bateau ne prenne une route incontrôlable, catastrophique. Elles pourraient, comme l'a suggéré Doris, le mettre en marche et se lancer dans les quatre directions à la fois. On verrait bien laquelle — le nord, le sud, l'est ou l'ouest — les ramènerait au plus tôt vers la terre.

Cependant, je ne crois pas que ce soit ce qui les préoccupe. Si je passe la nuit à flotter en contemplant les étoiles, elles, de leur côté, voudraient disparaître de la nuit : les femmes, les astres. La solitude à la dérive leur fait une nuit absolue, sans toit, à laquelle elles ne sont pas habituées. Cette nuit les renvoie à un désarroi qu'elles ont fui, dénié, pendant leur courte vie à toutes. Jeunes et bêtes. Suffisamment intelligentes pour ne pas me jeter aux poissons. Mais insuffisamment intelligentes pour se laisser guider non par les instruments qui les dépassent et les termes qu'elles ignorent (en les regardant, je me dis que grâce à elles la technologie redevient magique), mais par les étoiles, auxquelles elles ne se sont jamais intéressées. Après tout, c'est peut-être dans l'immobilité qu'elles trouveront leurs plus grandes chances de survie.

Comme si elle m'entendait, Dolores profère à voix haute :

— Nous n'avons pas la bonne étoile, c'est clair.

J'aimerais comprendre à quelle espèce elles appartiennent. La technique aussi bien que la nature leur sont également étrangères. Pour qui, pour quoi ont-elles été créées alors ? Les considérant depuis la mort, je les reconnais et les réconcilie. Ce sont des créatures de l'artifice, ni nature ni technique. Enchantent-elles le monde ? Elles ne sont peut-être que l'énergie de l'artificiel. Combien ce qui nous arrive est peu de chose, inutile, et pourtant intense.

Le jour se lève

Heureusement encore que la mer s'est comportée comme un miroir. Le ketch a le vent en poupe et pénètre plus avant dans l'océan. Le moteur est toujours coupé. Il n'y a pas d'oiseaux dans le ciel. Les femmes se réveillent. Elles s'étirent avec des gestes sensuels que je reconnais et dont je leur sais gré. Lubrique jusque dans la mort. Elles ont faim. Ça se voit sur leur figure. Il reste des olives, du fromage, des tranches de *jicama.* Dulces Nombre s'empare du plateau comme s'il était fait pour elle toute seule et commence à manger. La brise matinale réveille les appétits. Otilia lui arrache le plateau. Les olives, parfaitement perforées pour recevoir la farce d'anchois, roulent sur le pont. L'une d'elles me tombe, ridiculement, sur la bouche. Les deux filles se disputent les petits morceaux d'amuse-gueule, mais leurs mains voraces s'arrêtent, confuses et révulsées, au-dessus de mes lèvres et de l'olive qui désormais les décore.

Le pied du grand mât grince dans le trou de l'étambrai. Doris intervient rapidement et veille à ce que les menus aliments soient équitablement répartis. Y a-t-il autre chose à manger? Oui, ricane Nicha l'enrhumée, l'olive sur la binette du galant. Personne ne lui fait écho. Non, il n'y a rien d'autre que les amuse-gueule. Par contre, il y a à boire, tant qu'on veut, des bouteilles de Campari, de Beefeater, de Johnny Walker, de Bacardi, d'eau minérale, et des glaçons. Elles ne vont pas mourir de soif. En plus, je leur ai appris à pêcher. Je sais bien que ce n'était qu'un prétexte. Mais pourvu qu'elles y pensent. Il y a du thon par ici et du merlu.

Elles n'y pensent pas. Il arrive deux choses. L'aube aiguise les sens, surtout l'odorat. On dirait que la nuit amasse toutes les senteurs du monde pour les lâcher au lever du jour, chargées de rosée et de sauge, de bruine et de terre humide, de pelage de jeune animal et de douceur de ruche, de grain de café et de fumée de tabac, de cumin et de giroflée. Toutes ces odeurs évoquent le lever du jour, en différents lieux de la terre. Le Pacifique, mer de Balboa et de Cortés, devrait livrer ses propres, puissants et merveilleux arômes, arrachés du fond de l'océan et à la nostalgie de la terre. Mais la grincheuse Otilia ne pense qu'à l'orange, depuis son enfance, dit-elle, elle a toujours bu un jus d'orange le matin au réveil, c'était le seul luxe chez elle, dans tous les films américains on prend un jus d'orange avant d'aller à l'école ou au travail, mais dans ce foutu rafiot il n'y a pas de jus d'orange, pas le moindre parfum d'orange, même, pleurniche-t-elle.

En vérité, sur *Les Deux-Amériques*, il n'y a qu'une seule odeur dominante. C'est l'odeur que dégage mon corps. Mort depuis dix-huit heures. Je commence à empester. Huit femmes en compagnie de mon cadavre pourrissant. Je lis dans leur regard. Que vont-elles faire de moi ? Les flots commencent à s'agiter. Elles ne savent que faire. Blanche-Neige me sauve la vie. Pardon, me sauve la mort. Elle remarque la même chose que moi. Les yeux des sept naines reflètent la faim, plus forte que le dégoût. Blanche-Neige décide de jouer le tout pour le tout. Elle fait démarrer le moteur. Toutes se tournent vers la nouvelle capitaine. Le moteur tousse, éternue, crache, mais ne veut plus partir. Nicha se laisse contaminer par les éternuements. Nous levons tous les yeux vers les varangues, voir si le mât, la bôme et la corne maintiennent bien tendus et gonflés la brigantine et les focs.

Midi

Je ne supporte pas la chaleur. Je les implore de faire quelque chose, qu'elles me recouvrent d'une étoffe, par pitié, qu'elles me transportent dans la cabine. Je suis bien rigide. On ne pourra bientôt plus me bouger. J'ai chaud et je sens mauvais. J'ai presque envie qu'on me jette à la mer. J'ai terriblement envie d'un bain frais, d'un jus d'orange, comme Otilia. Mais les femmes n'ont en tête que leur faim, visible maintenant dans les regards qu'elles échangent et qu'elles dirigent parfois contre moi. Elles essaient de tromper leur faim avec du rhum et du whisky. Elles se rendent malades. Ivres et nauséeuses, Soledad et Nicha viennent de vomir. Doris les attrape par les cheveux, les secoue et les gronde. La timide et l'éternuante se mettent à pleurer de désespoir, qu'allons-nous faire maintenant, tout était si mignon, le soleil, la balade en bateau, les gentilles petites cochonneries, et maintenant vous voyez, tout est foutu. Comme d'habitude, dit Dolores. Comme d'habitude. Saleté de vie.

Il doit être 3 heures de l'après-midi

La chaleur est insupportable. La mer est d'un calme qui ne présage rien de bon. Elles ne savent que faire de moi. Elles ne veulent pas me toucher, en fait. Je leur inspire de la crainte, du dégoût, de la pitié. Elles n'osent même pas me fermer les yeux. Elles n'ont pas reconnu ma mort. Moi, j'ai découvert que mourir, c'est acquérir, d'un coup, la faculté de voir les images qui défilent dans la tête des vivants. Dans celles de ces femmes, comme dans un film à déroulement continu, les mêmes images repassent d'une fillette criblée de balles à Los Angeles ou d'une putain morte à la sortie d'un cabaret avec un éventail entre les jambes. Un vieillard content de la présence d'une jeune fille au moment de mourir. Ou une enfant contente qu'une branche d'oranger lui adoucisse la certitude de la mort. Dois-je me contenter, moi, de la réponse inconsciente, spontanée, qu'a provoquée hier soir, plus que mon trépas, la fin du jour ? Une petite boîte blanche et quatre bougies coincées dans des bouteilles de Coca-Cola. À qui puis-je me confier ? Elles ne me regardent plus. Elles ne me touchent plus. María de la Gracia dort facilement. Elle s'est glissée dans la cabine en prévenant, les filles, si on ne se tire pas du soleil, on va peler, et qui va nous embaucher si on a l'air teigneuse, avec la peau zébrée. Il n'y a pas de chapeaux. Quelques-unes se sont mis le soutien-gorge du Bikini sur la tête. D'autres, plus hardies, se sont bouché le nez avec des Kleenex. Seule Blanche-Neige ne quitte pas inutilement son poste. Comme moi, elle a vécu suffisamment pour comprendre que ce calme n'est pas naturel. Elle jette un coup d'œil aux bougies. Sans raison apparente, celles-ci se mettent à faiblir, à vaciller contre le vent, à se rendre...

Autre crépuscule

Tout va mal. Privé de direction, *Les Deux-Amériques* prend de plein fouet la houle croissante à la proue et commence à faire de grandes embardées. Les filles poussent des cris et se pelotonnent au fond de la baignoire et de la cabine. Le vent augmente et décroît ; les rafales se déchaînent puis cèdent la place à de brusques accalmies ; le vent se met à souffler depuis la poupe, cette fois sans discontinuer. La tendance instinctive du ketch à prendre le rythme des vagues oblige l'hélice et le timon à sortir de l'eau à chaque crête de vague. De l'orée de la mort, je leur crie : mettez les voiles en oreilles d'âne, le foc doit aller au bord opposé de celui de la brigantine, la brigantine va se mettre à battre, consolidez-la avec le tangon, pourquoi les voiles manquent-elles de souplesse, pourquoi les cordages ne sont-ils pas bien tendus ?

Je parle au vent. Je lui parle à la tombée du jour. Évidemment, le bateau commence à gîter, l'angle de la proue penche du côté du vent. Les filles poussent des cris. La grand-voile se met à faseyer. Elle émet de formidables claquements contre le mât et je manque être éjecté du pont sur lequel je suis en train de pourrir lentement mais sûrement, muet et en attente affamée de la nuit pour me rafraîchir la peau et, bientôt, les entrailles. Je lâche l'olive posée entre mes lèvres violacées. Le bateau a perdu toute direction. Il n'en fait qu'à sa guise. Il gîte de plus en plus. L'avant se soulève et la bôme se balance sur le flanc. Mais soudain, c'est l'accalmie ; le vent tombe, le danger s'éloigne.

J'entends des sanglots. Je vois de l'eau, des images de soif et d'eau se répandre sur les précédentes images de mort. Tout s'apaise. Des ongles pointus commencent à me gratter dans l'obscurité.

Autre lever du jour

Le soleil darde sur mes yeux, mais je sens qu'il me manque quelque chose. Une chose qui me manque parce qu'elle faisait partie de mon corps. Je ne veux pas l'imaginer. Je cherche le regard des femmes. J'aperçois d'abord leurs visages de plus en plus pelés par le soleil. J'essaie de pénétrer leur esprit. Ceci est le privilège de mon état de mort. Doris pense à un homme que je ne connais pas. María de la Gracia est un grand vide ; elle dort encore. Soledad a une piscine d'eau douce, bleue et limpide, dans la tête. Nicha ne pense qu'à des couches et encore des couches de crème solaire. Otilia a une grande orange dans la cervelle, dont elle savoure le jus sucré. Un autre homme, qui n'est pas moi, s'est installé dans la tête de Blanche-Neige. Otilia imagine un miroir. Et dans la tête de Dolores, je trouve mes testicules.

Midi ?

Elles échangent des regards. Le soleil les étourdit. Elles sont incapables de penser. Incapables d'agir. Il faut attendre la tombée du jour. J'aimerais pouvoir toucher l'endroit où se trouvaient mes couilles. Blanche-Neige saisit la canne à pêche et lance l'hameçon dans la mer.

16 h 33

Elles se sont mises d'accord sans rien dire. María de la Gracia est toujours réfugiée dans le sommeil. Là, elle n'a ni faim ni soif. Elle rêve éternellement d'un enfant mort de diphtérie à l'âge de trois ans, en se disant que si son fils avait vécu il l'aurait sauvée de cette vie qu'elle n'aime pas. Pourquoi ? se demande-t-elle. Le gamin n'aurait-il pas été qu'une charge de plus, une bouche de plus à nourrir, m'obligeant à faire pire que ce que je fais en toute innocence, danser toute nue, sous la protection de Madame, qui ne permet pas qu'on nous touche ? Je n'ai pas à me plaindre. La seule chose, c'est que je n'ai personne pour m'attendre à la maison quand je rentre. Alors je dors, je dors beaucoup pour ne pas penser que je pourrais être en train de lui préparer à manger, de l'envoyer à l'école, de le gronder s'il rapporte de mauvaises notes, de l'aider à faire ses devoirs, d'apprendre avec mon enfant ce que je n'ai jamais appris toute seule. Voilà ce qui me manque. Rentrer à la maison pour y trouver quelque chose à faire. Où mon fils est-il enterré ? Comment s'appelle le village que j'ai quitté morte de douleur et belle comme un ocelot blessé, à l'âge de quinze ans, n'étant plus une menace pour personne ? Ah mon Dieu, je ne fais que dormir et je voudrais rêver de mon fils, mais je ne peux pas parce que je sens qu'il va m'arriver du mal, que toutes mes petites copines sont en train de s'approcher de moi en disant celle-là elle ne fait que dormir, elle ne se rendra compte de rien...

— Qui la touche la première ?

Blanche-Neige pousse un cri, un poisson a mordu à l'hameçon, un bon merlu, il n'y a pas de cuisine à bord, pas de quoi faire du feu ? Eh bien, sors ta boîte de *Clásicos*, sacrée Otilia plus grincheuse que jamais, ôtez vos petites culottes s'il le faut, allumez-les pour faire un foyer, mais gare à ne pas foutre le feu au rafiot, parce que là on peut être sûres qu'on est fichues jusqu'au trognon.

Nuit tiède et silencieuse

Des rives de la mort, on voit mieux les étoiles. Celles-ci forment la carte du ciel, et le tracé m'indique que nous sommes poussés vers le nord après avoir vogué sans gouvernail en direction du ponant. Nous nous rapprochons peut-être de la terre, mais cela elles ne le savent pas. Si nous gardons ce cap, nous allons aboutir à la pointe de la Basse-Californie, au Cabo San Lucas, puis nous pénétrerons dans la mer de Cortés, entre les côtes du Sonora et la péninsule, plus longue que l'Italie, où le désert et la mer se rejoignent : les cactus immenses et les eaux transparentes, le soleil rond comme une orange. Ce que le conquistador raconta à ses enfants, à supposer qu'il eut le temps de parler avec eux.

Mais de même que Christophe Colomb ne savait pas qu'il avait découvert l'Amérique, Cortés ne savait pas que la Basse-Californie était une péninsule. Il croyait que c'était une île qui menait à la terre prodigue d'Eldorado. Quant à nous, si les femmes ne sont pas mortes de faim et de soif, nous pénétrerons dans la mer de Cortés comme des navigateurs en détresse, mais nous toucherons enfin à l'aisselle du Mexique, l'embouchure salée du fleuve Colorado ; Terre Ferme...

Comme nous sommes loin. Cependant, en cette nuit tiède et silencieuse, nous voyons passer loin de nous un bateau pavoisé, plein de lumières et de bruits, d'où nous parviennent des rythmes insistants de mambo et de guaracha. Ses lumières brillent, plus que dans la nuit, dans les yeux de Blanche-Neige et de ses sept naines. Elles sont toutes là à agiter les bras, à appeler, à crier, tandis que le bateau blanc rempli de touristes s'éloigne sans nous voir et que Dulces Nombre chante d'une voix morne le refrain qui traverse la nuit,

avec quel charme et quel brio
les Mexicaines dansent le mambo

et que les autres reprennent, unies par l'espoir, la peur et la joie frivole, tout cela en même temps :

elles roulent des hanches et des épaules
aussi bien que les Cubaines.

Elles ont mangé. Elles ont réveillé María de la Gracia pour lui offrir sa tranche de merlu, à moitié cru, mais ça on n'y peut rien. Dolores est sur le point de lancer une blague sur un plat de frivolités, mais elle se mord la langue. Elle rit ; à défaut de mordre dans autre chose. Elle continue à rire comme une idiote et son rire gagne bientôt les autres, comme hier soir quand elles se sont toutes mises à chanter le mambo, comme ça, pour rien, comme ça arrive, tu ris, je ris, nous rions, sans savoir pourquoi. Ou alors c'est que ventre plein, cœur content. Elles rient la panse pleine de poisson à demi mâché. Mais la côte n'est toujours pas visible. Elles regardent Blanche-Neige qui scrute vainement l'horizon, et la gaieté s'éteint. Le bateau au mambo n'était qu'une illusion, ses lumières un mirage.

Cependant, comme il y a de l'énergie retrouvée, elles décident de l'employer. Comme si la matinée que chacune d'elles vit, et que moi je meurs, elles devaient la vivre, à cause de ma présence, avec plus de fureur, plus d'intensité, plus de défi que jamais. Elles commencent par se lancer des jeux de mots pour alléger l'ambiance, puis elles se jettent à la figure les trahisons, les hommes qu'elles se sont pris les unes aux autres, les vêtements qu'elles se sont volés, pourquoi m'as-tu piqué ma coiffure petite merdeuse, et dis donc qui est-ce qui a mis cette jupe rouge la première, et à qui est-ce qu'on glisse le plus d'argent dans la chaussure quand elle danse, et laquelle a le plus d'économies à la banque, et laquelle va se tirer la première, laquelle va avoir sa maison à elle, laquelle va connaître l'aventure de Julia Roberts dans *Pretty Woman*, venez donc mon Richard Gere, *here*, Dick, qui va se marier avec quel genre de mec, de mec, de mec...

Soudain, elles me dégoûtent toutes, je tente de fermer l'écran de ma mort à leur film vulgaire, à leur infâme navet, pour revenir à mon unique film à moi, celui que m'ont offert l'Italie et Leonello Padovani, loin de mes propres navets made in Californie, près de la mer de Cortés... Padovani non seulement ne cachait pas, mais exagérait sa condition d'aristocrate et d'homosexuel. Il était un superbe défi à l'héritage comme à la mode. Membre du parti communiste, il défiait quiconque d'affirmer que l'origine sociale détermine l'appartenance politique ; ni tous les riches sont réactionnaires, ni tous les ouvriers sont progressistes ; la révolution est parfois faite par les bourgeois et le fascisme par les pauvres... Connaisseur comme personne du cœur féminin à l'écran — Alida Valli, Silvana Mangano, Anna Magnani jamais ne furent plus brillantes que vues à travers ses yeux —, il défiait toutes les conventions relatives à l'âme de la femme sans jamais toucher à son corps. On disait qu'à travers ses héroïnes il transposait et sublimait de sordides histoires avec des amants masculins de basse condition, chez lesquels il ne rencontrait que trop les traits de la jalousie et de l'ingratitude, de l'intérêt mesquin et de la passion bestiale. Moi, il me traita avec le plus grand respect. Il fut le premier à me voir et à me traiter comme un être humain. Avec lui, j'osai parler de ce qui était interdit à Hollywood... Comment pouvais-je me souvenir d'une Irlande que j'avais quittée enfant, mais qui revenait, violente et belle, sauvage et odoriférante, dans mes rêves ? Pourquoi dans ma mémoire inconsciente tant de roseaux lacustres, si hauts, tant de bois de noisetiers, tant de truites argentées et de papillons blancs qui ne volettent que la nuit ? Pourquoi tant de rosée noyée de rosée ? Connaissais-je tout cela ? Ou cette mémoire vivace ne me venait-elle que de la lecture de Yeats ?

Non, sourit Padovani, tu connais peut-être tout cela parce que avant de lire un poète tu l'as été toi-même.

J'ai tout juste été un Apollon de série B, comme dit ma femme, lui répondis-je.

Apollon, c'est la lumière, déclara Padovani tandis que nous étions assis tous les deux sur le Lido à Venise, désert en cet après-midi de novembre. Il est associé à la prophétie, au tir à l'arc, à la médecine et aux troupeaux. La Lune est sa sœur. Grâce à elle, il triomphe des divinités de la nuit obscure.

J'aime le poème de Yeats dans lequel un homme, à l'approche de la vieillesse, rêve du doux regard qui anima jadis ses yeux. Il se demande combien aimèrent ses moments de grâce joyeuse, combien aimèrent sa beauté, d'un amour vrai ou faux...

Le regard de Padovani quitta le mien pour chercher un indice de vie dans le crépuscule vénitien. Il avoua qu'il se sentait seul parfois, et qu'il aspirait à une compagnie que tout le caprice et toute la gloire du monde ne pouvaient lui procurer. Si moi je lisais Yeats, lui connaissait bien Rilke et se souvenait de certains vers sur un Apollon au regard sans ombre, la bouche muette parce qu'elle n'avait encore servi à aucun usage, mais qui esquissait son premier sourire.

Quelqu'un, conclut Padovani, est en train de lui transmettre son propre chant.

La lumière révèle alors la tache de sang séché autour de ma braguette ouverte. Toutes les femmes se regardent. Et soudain, elles s'aiment, ah les copines, si nous sommes ensemble pour tout, comme sur ce bateau, comment allons-nous nous séparer, les filles ? Sœurs jusqu'à la mort, elles tombent dans les bras les unes des autres, pleurent, se remémorent, l'homme, l'enfant, les parents, elles partagent un passé qu'elles s'inventent pour être sœurs, maintenant elles s'inventent un avenir dans lequel chacune aide les autres, tout ira bien pour toutes parce que la première qui réussira répandra son or et partagera son succès avec toutes les autres, ça va de soi, ça va de soi...

Nous sommes deux à nous tenir sur la réserve tandis que s'amplifient les larmes, les mains unies, les étreintes, les tremblements, les sueurs.

Blanche-Neige, parce qu'elle ne les connaît que trop bien et se contente de dire, bande de connes.

Et moi, qui les envie parce que je ne me souviens pas avoir jamais assisté dans ma vie ou dans ma profession à un tel étalage de fraternité.

Quelles heures est-il ?

L'embarcation décide de n'en faire qu'à sa tête ; laissée à elle-même, elle répond comme elle peut au gros temps qui nous est tombé dessus. Le courant nous attire comme un aimant vers la mer de Cortés, que les filles ignorent totalement, jusqu'à son nom même, mais que moi j'imagine transparente et semée de joyaux : le pauvre conquistador n'a-t-il pas largué toutes ses richesses au fond des lacs et des mers, l'or de Moctezuma dans les marécages de la nuit triste, les émeraudes de la Conquête lors d'une bataille navale au large de l'Algérie ? De quel trésor hérite un aventurier de cette envergure, conquérant d'un empire égal au Soleil ? La Lune ma sœur me répond cette nuit, ce matin, ce soir de lune apparue à contretemps, peu importe, elle me répond qu'il ne lui reste peut-être pas plus que le nom d'une mer, testament d'eau, renommée de sel et de vent. Je suis mort et ne vois au fond de la mer qu'une gigantesque toile d'araignée frémissante.

Le ketch se remet à gîter, l'avant se soulève et la bôme reste couchée sur le côté, elle s'enfonce et commence à tirer sur la voile. Le timon est sans gouvernail ; la surface de voile emportée par la bôme a raison du timon. Nous partons à la dérive et en cet instant tous les appétits, les souvenirs et les craintes se fondent en un seul objet, moi, objet dangereux, ce qui reste de moi le comprend et tremble, c'est moi le coupable de la situation, coupable d'avoir trompé ces femmes, coupable d'être nord-américain, d'être riche, célèbre, coupable de tout sauf de ce qu'elles ignorent, comme je l'ai dit, car elles ne connaissent pas les étoiles, elles ne savent pas lire dans le ciel, ni du reste les boussoles ; je suis acteur, sapristi, un acteur frustré, voué à l'échec autant par sa médiocrité habituelle que par son succès exceptionnel, oui, je suis coupable de beaucoup de choses, envers ma profession, envers ma femme, envers mes camarades de travail, qui sont les gens dont je me souviens, et soudain, mort comme je suis là, en train de pourrir sous le soleil du Pacifique, perdant peu à peu les traits de mon visage, je pense aux statues d'Apollon dont l'âge se compte en siècles mais jamais la mort, j'essaie de sauver ma responsabilité en me confondant avec les statues, en me joignant aux poètes et aux artistes, en étreignant ma sœur évanescente la Lune, en posant sur mon front les lauriers que sont les noms des princes du langage et de la vision — Yeats, Rilke, Padovani, Turner et la mer, Géricault et le radeau de *La Méduse* —, tout ce que j'avais appris dans mon enfance et perdu jusqu'à cette conversation sur le Lido de Venise ; je suis surtout coupable envers une femme de chambre indienne qui s'est arrêtée pour me regarder dans la piscine aux gardénias, des bouteilles à la main ; je suis coupable envers un enfant qui me ressemblait et qui m'a guidé jusqu'au jardin éclairé par des lanternes chinoises où j'ai rencontré ces femmes ; coupable envers un autre enfant, inconnu de moi, qui a échappé à la mort grâce au parfum d'un oranger qui entrait par la fenêtre de la chambre où sa mère baisait avec des inconnus ; coupable, enfin, envers une pauvre Américaine quinquagénaire que j'ai offensée en la confondant avec Cindy mon épouse, et giflée en public...

Dans leurs yeux à tous, je vis une époque sans

considération pour ma personne. Je vis surtout ces enfants mexicains et je craignis de sortir de mon individualité plus ou moins protégée, construite avec un certain soin et beaucoup de patience, pour me trouver confronté à une humanité sans refuge, parmi laquelle les circonstances ne respectent ni ne distinguent personne.

Je pris conscience. Dans la mort, je devins mexicain.

À midi

Le garde-côtes nous aborda au milieu de l'excitation et de la crainte mêlées de Blanche-Neige et de ses sept naines. Nous étions à hauteur de la Barra de Navidad, bien loin de la mer de Cortés. La mort désoriente, excusez-moi. Le port le plus proche était Manzanillo. Les marins se bouchèrent le nez avec leur mouchoir en montant à bord. Le capitaine fit une inspection rapide et les interrogea rapidement. Il est mort d'une crise cardiaque, déclara Blanche-Neige. Les filles n'ouvrirent pas la bouche. Alors qui l'a châtré ? demanda le capitaine en montrant ma braguette. Toutes, s'écria María de la Gracia. Dolores allait crier, j'avais faim. Blanche-Neige la devança. C'était un pervers. Un gringo. Il a voulu abuser de mes filles. Les types du garde-côtes se moquèrent d'elle. Bon, ça va, dit alors Blanche-Neige. C'est moi. J'avais faim. Vous n'avez jamais mangé des testicules de veau, par hasard ? C'est comme ça que ça commence. Nous n'en sommes pas moins mexicaines et catholiques.

Le lendemain, tous les jours

Ils remorquèrent le ketch jusqu'à Acapulco. Personne ne put m'identifier. De mon visage plus ou moins célèbre il ne restait rien. Au club de Yates, ils déclarèrent que j'avais payé en espèces et par avance, sans laisser mon nom. C'était faux. Le club avait été contacté par l'hôtel. Mais nul ne voulait se compromettre dans une histoire aussi bizarre ; l'hôtel ne voulait pas compromettre le club, le club ne voulait pas compromettre l'hôtel. Pendant qu'on procédait aux vérifications, María de la Gracia déclara que j'étais son amant, le père de son enfant et réclama le cadavre. Trop contents de s'en débarrasser (je veux dire de moi), ils le lui remirent. C'est-à-dire qu'ils me livrèrent à María de la Gracia.

Elle me déposa dans une boîte et me parla doucement, me remerciant de ce que, grâce à moi, elle s'était rappelé le nom de son village et la tombe de son fils.

Elle m'emmena dans un camion de transport

jusqu'à un village perdu du côté de la Costa Chica, dans le Guerrero. Ma présence fut fêtée par les autres voyageurs.

Lorsque nous arrivâmes au village de la côte, le menuisier reconnut María de la Gracia et lui fit cadeau d'un cercueil.

Elle le remercia et m'enterra à côté de son fils, dans un cimetière aux croix peintes en bleu indigo, écarlate, jaune et noir comme les oiseaux, comme les poissons. La tombe se trouve à côté d'un grand oranger de six ou sept mètres de haut, qui semble avoir atteint ici son plein développement. Qui a bien pu le planter ? il y a combien de temps ? J'aimerais savoir quelle quantité d'histoire me protège désormais. Suis-je couché à l'ombre de l'histoire ?

Lorsque le réceptionniste de l'hôtel, le petit homme saupoudré de café à la mince moustache, déclara être le seul à m'avoir vu, il mentait. La femme de chambre indienne m'avait regardé flotter dans la piscine tout en lisant un recueil de poèmes mouillé. À l'instant, ce vers me revient enfin en mémoire : « Mais un seul homme aima ton âme pérégrine, aima les chagrins de ton visage changeant. » Je pense à ce vers au souvenir d'une jeune indigène illettrée qui ne parlait peut-être même pas l'espagnol. Le petit homme à la *guayabera* avait voulu sauver sa peau tout en allant dans le sens de la conspiration. Il m'avait enregistré, en effet, déclara-t-il, il m'avait vu, mais ensuite j'avais disparu sans laisser de trace. Le compte avait été débité à mon nom sur une carte de l'American Express.

L'enquête se centra sur moi, et, si certains en déduisirent que j'étais bien le cadavre découvert voguant à la dérive en compagnie de sept putains et d'une maquerelle acapulquègnes sur le Pacifique, à la hauteur de la Barra de Navidad dans un ketch nommé *Les Deux-Amériques*, personne n'eut l'idée de suivre une pauvre créature aussi humble que María de la Gracia jusqu'à son patelin de la Costa Chica, sans compter que Blanche-Neige était bien coincée pour m'avoir coupé les couilles, quoique très fière d'avoir sauvé ses filles. Tout finit par s'oublier. Les pistes se perdent. L'éventualité de ma mort étrange suscita à peine un entrefilet dans le *Los Angeles Times*. La revue *Time* ne la mentionna même pas. Et dans la colonne des nouvelles brèves de *Newsweek*, je lus simplement ceci :

> MORT PRÉSUMÉE. Vince Valera, cinquante-cinq ans, héros aux sourcils broussailleux de films de série B, doué d'un certain charme irlandais, lauréat de l'unique oscar attribué à un acteur américain pour un rôle tenu dans un film européen (*La longue nuit*, de Leonello Padovani, 1972), a été porté disparu à Acapulco.

Cindy hérita de tout et ne voulut rien savoir de plus.

Mort, je voudrais ajouter quelque chose, surtout en raison de cette plus que succincte biographie. Je rêve de destins étrangers qui auraient pu être les miens. Je m'imagine au Mexique, conquérant la Grande Tenochtitlán, tombant amoureux d'une princesse indienne. Je m'imagine en prison, rêvant de ma mère morte et abandonnée. Je m'imagine vivant dans un autre siècle, me divertissant, organisant des beuveries et des sérénades dans une ville baroque que je ne connais pas. Et devant une autre cité inconnue, antique celle-là, je m'imagine vêtu de noir face à une armée en deuil, décidé à vaincre en un combat contre un espace invisible. Au cours d'une longue nuit de brume et de boue, je me vois marchant le long d'un fleuve, tenant une fillette par la main. Une fillette que j'ai sauvée de la prostitution, de la maladie, de la mort...

Je rêve de l'oranger et j'essaie d'imaginer qui a bien pu planter pour la première fois cet arbre méditerranéen, oriental, arabe, chinois, sur cette rive lointaine des Amériques.

Comme mes traits avaient disparu sous l'effet conjugué de l'eau de mer, du soleil et de la mort, María de la Gracia a pris un masque de carton acheté au marché de son village et me l'a posé sur la figure avant de m'enterrer.

— Ceci est ton visage pour la mort.

Prononça la jeune femme comme si elle répétait un rite très ancien.

Je n'ai jamais pu voir ce masque. J'ignore quoi ou qui il représente. C'est que, voyez-vous, j'ai fermé les yeux pour toujours.

Acapulco-Londres, mai 1991-septembre 1992.

Composition Bussiére
Impression Novoprint
à Barcelone, le 22 décembre 2003
Dépôt légal: décembre 2003
Premier dépôt légal dans la collection: septembre 2003
ISBN 2-07-090404-3. /Imprimé en Espagne.

129394